SARA
OU L'ÉMANCIPATION

Carl Jonas Love Almqvist

Traduction du suédois sous la direction d'Elena Balzamo

Cambourakis

Kristiania
Drammen
Kongsberg
Bratsberg
Kristiansand
Tönsberg
Porsgrund
Skien
Laurvik
Kragerö
Fredriksvärn
Langesund
Nedenäs
Österrisör
Grebbestad
Fjällbacka
Tromö
Arendal
Grimstad
Lillesand
Kristiansand
Sögne
Mandal
Lindesnäs
Farsund
Lister-Fj.
Skagerrak
Skagen
Hirtshals
Aalbäk
Hjörring
Frederikshavn
Jammer B.
Bulbjerg
Hanstholm
Läsö
Nord See
Aggersborg
Thisted
Aalborg
Lim Fjord
Mors
Nykjöbing
Hadsund
Mariager Fj.
Randers Fj.
Hobro
Skive
Lemvig
Struer
Viborg
Nissum Fj.
Holstebro
Randers
Grenaa
Jütland
Aebeltoft
Silkeborg
Ringkjöbing
Himmel-B.
Aarhus
Ringkjöbing Fj.
Samsö
Törring
Horsens
Dänemark
Veile
Varde
Blaavands Huk
Fredericia
Esbjerg
Kolding

Karlstad
Örebro
Kristinehamn
Dalbo-S.
Wenersborg
Skara
Sköfde
Falköping
Alingsås
Borås
Jönköping
Linköping
Motala
Norrköping
Söderköping
Eksjö
Wimmerby
GÖTALAND
Oskarshamn
Wernamo
Småland
Woxiö
Kalmar
Halmstad
Laholms B.
Båstad
Torekov
Kullen
Höganäs
Engelholm
Helsingborg
Helsingör
Kristianstad
Karlskrona
Karlshamn
Ahus
Degeberga
Hanö-B.
KÖPENHAGEN
Roskilde
Amager
Malmö
Simrishamn
Lund
Skåne
Blekinge
Warberg
Falkenberg
Ljungby
Wislanda
Emmaboda
Tingsås
Westerås
Eskilstuna
Köping
Arboga
Finspong
Gamleby
Ankarsrum
Mönsterås
Ryssby
Kristianopel

Cette traduction a été effectuée
dans le cadre d'un séminaire de traduction
littéraire dirigé par Elena Balzamo avec
Jean-Baptiste Bardin, Nolwenn Borrel,
Elisabet Brouillard, Johanna Chatellard-Schapira,
Rachel Erdmann, Benoît Forcroit,
Marina Heide, Marianne Hoàng, Anne Karila,
Véronique Lezla, Anna Marek, Isabelle Piette,
Anna Postel, Sophie Rèfle, Clara Rouhani,
Esther Sermage, Marie Valera

Cette traduction a été publiée avec le soutien
du Swedish arts council.

Titre original :
Det går an

AVANT-PROPOS

... Pas un caillou au bord d'une route n'est prosaïque, pas une cabane n'est misérable, pas plus qu'aucune relation n'est dénuée de poésie, quelle qu'elle soit, basse ou élevée.
Almqvist, *La Poésie des choses*, 1839.

Jugée à l'aune de l'Europe entière, 1838 ne fut pas une année particulièrement riche en événements. À part le couronnement de la reine Victoria et l'indépendance de la Belgique acquise de haute lutte, auxquels on peut ajouter la Loi sur les pauvres en Irlande et une catastrophique inondation en Hongrie, il n'y avait pas grand-chose à signaler. Si l'on se tourne vers la littérature, la moisson s'avère plus conséquente : *Mémoires d'un touriste* de Stendhal, *Oliver Twist* de Dickens, *Ruy Blas* de Victor Hugo. À ces chefs-d'œuvre de la littérature universelle il convient d'ajouter un court roman suédois, *Sara,* de C. J. L. Almqvist, écrit et composé cette année-là, mais qui ne se trouva en librairie que l'année suivante, en 1839. À l'origine d'un débat enflammé, qui suivit sa publication, il fait aujourd'hui partie des programmes scolaires en Suède. Quelle est donc cette œuvre et qui est son auteur ?

Pendant la première moitié du XIXe siècle, Carl Jonas Love Almqvist (1793-1866) domine le paysage littéraire de son pays, comme August Strindberg le dominera pendant la seconde. Auteur prolifique, poète, dramaturge, romancier, essayiste, mais également auteur de manuels scolaires, il laissa une œuvre abondante et en partie inclassable. Tour à tour rousseauiste, mystique d'obédience swedenborgienne, admirateur des philosophes romantiques allemands, lisant dans le texte Hugo et Balzac, cet esprit protéiforme fut également l'un des premiers écrivains de métier dans son pays, obligé de vivre de sa plume, ce qui explique aussi bien l'abondance de ses écrits que leur niveau parfois inégal.

À l'instar des grands romantiques, il rêvait d'une *Gesamtkunstwerk*, une « œuvre totale » qui refléterait la Création dans toute sa diversité. Dès 1833, il s'attelle à l'édition de ses « œuvres complètes » (qu'en pratique il complète au fur et à mesure), sous le titre commun de *Livre de l'Églantine*. Cette édition sera interrompue, puis suivie d'une autre, restée également inachevée, car les circonstances de sa vie avaient obligé l'auteur à quitter son pays en 1851.

Dans cet ensemble foisonnant, le court roman *Sara* (le titre original, *Det går an*, est une formule de consentement proche de « ça va » ou de « ça ira ») occupe une place à part. À côté des grandes fresques romanesques comme *Amorina* ou *Le Joyau de la reine**, des contes comme *Le Palais***, des traités tels que *La Saga de l'humanité*, des drames lyriques, des romans de cape et d'épée, ce texte frappe par sa brièveté, sa simplicité, sa spontanéité, son réalisme – un véritable « tableau peint sur le vif ». Pourtant, c'est ce « tableau » qui valut à son auteur de virulentes attaques dans la presse, des accusations de saper les fondements moraux de la société, et même une provocation en duel.

Dans une Suède protestante et conservatrice, son éloge de l'union libre entre un homme et une femme fit l'effet d'une bombe. Dont la puissance fut démultipliée par le génie de l'écrivain qui, dans le personnage de Sara, créa l'une des héroïnes littéraires les plus attachantes et les plus vivantes. C'est un rousseauiste qui parle ici, en affirmant que les aptitudes naturelles comptent davantage que le déterminisme social, c'est un critique libéral qui s'insurge contre la rigidité des institutions. Une œuvre engagée, certes, volontairement polémique, et cependant une œuvre qui n'a rien de dogmatique, une œuvre dans laquelle la gravité des questions abordées est en permanence atténuée par la

* *Pour la traduction française : C.J.L. Almqvist,* Le Joyau de la reine, *trad. d'Elena Balzamo, José Corti 1996.*

** *Pour la traduction française : C.J.L. Almqvist,* Le Palais, *suivi de* Pourquoi voyager ?, *trad. d'Elena Balzamo, José Corti 2001.*

fameuse ironie romantique qu'Almqvist savait manier comme personne. Une œuvre où des considérations générales font bon ménage avec des scènes de la vie quotidienne d'une minutie quasi ethnographique.

Almqvist n'avait rien d'un féministe dans l'acception moderne du terme, mais la galerie de personnages féminins qu'il a créée – avec Sara Videbeck à leur tête – fait de lui une figure tutélaire d'un mouvement qu'il ne lui fut pas donné de connaître.

Il était temps de donner au lecteur français une nouvelle traduction de ce fleuron de la littérature suédoise, et le présent volume se propose de combler cette lacune*. Il est l'aboutissement d'un travail collectif de longue haleine, effectué par dix-sept traducteurs dans le cadre d'un séminaire consacré à la traduction littéraire, soutenu par le Swedish Arts Council et l'Institut suédois à Paris. Ce sont leurs efforts conjoints, leur enthousiasme et leur abnégation qui ont permis d'offrir au public ce nouvel aperçu de l'art almqvistien.

Elena Balzamo
Chartres, août 2019.

* *La première traduction, due à Régis Boyer, parue en 1981, suivait le texte de 1839, remanié par rapport à sa première mouture ; la présente version est basée sur le texte de 1838, établi pour l'actuelle édition de référence, celle de C.J.L. Almqvist,* Samlade verk, *vol. 21, Stockholm 1993.*

En ce matin du jeudi 19 juillet, un flot humain ininterrompu traversait la place Riddarholmsplanen, à Stockholm. Nul ne se donnait la peine de jeter un regard vers la gauche pour déplorer le sort de la fière église – meurtrie mais non moins magnifique – qui avait récemment perdu son haut clocher, frappé par la foudre. Par l'étroite rue Riddarholmsbacken on s'empressait de gagner le quai du Mälar, où mouillaient les bateaux à vapeur, pour s'engouffrer sur la passerelle de l'*Yngve Frey*, car l'heure du départ avait sonné et le capitaine sommait les accompagnateurs de quitter le navire. Ces derniers prirent rapidement congé de leurs amis en partance et regagnèrent la terre ferme. La passerelle fut repliée, le vapeur leva l'ancre. Quelques minutes plus tard, il était déjà loin de la rive.

« Ne vous fatiguez pas, madame ! C'est trop tard ! » lancèrent quelques passagers en apercevant sur le quai une femme âgée qui signalait avec force gesticulations, en agitant son mouchoir, qu'elle aurait dû elle aussi prendre place à bord du navire. Mais aucune chaloupe n'était prête à sortir, et le vapeur, qui filait comme une flèche, était déjà parvenu à la hauteur des ateliers Owen et allait dépasser l'hôpital militaire.

Cependant, une agitation réelle, bien qu'éphémère, se fit sentir parmi les voyageurs lorsqu'ils entendirent des appels à demi étouffés : « Ma tante ! Ma tante ! » C'était une jeune passagère du pont avant, qui venait d'être malencontreusement séparée de sa parente, sans doute une compagne de voyage sur laquelle elle comptait, et qui, par souci de décence, rechignait à trop élever la voix.

L'égoïsme nous fait souvent négliger notre prochain : les gens qui ont acheté un billet de première classe, le pont arrière ou le gaillard d'avant ne se soucient guère du sort de la plèbe installée côté proue. Parmi les voyageurs « distingués », il y avait cette fois-ci surtout des messieurs d'âge mûr aux visages renfrognés, accompagnés de leur femme et de leurs rejetons qui, loin d'être des bambins, avaient déjà atteint l'âge indécis où la naïveté a disparu sans avoir encore cédé la place à la sensibilité et au discernement. Tous des petits égoïstes, et ce pour des raisons faciles à comprendre. Ces enfants « bien élevés », généralement incapables de se débrouiller seuls, appellent sans cesse à l'aide : un lacet défait, un gant tombé à la mer, une petite faim ou une petite soif – c'est pour eux la fin du monde. Ils causent bien du souci à leur mère, ces dames qui éprouvent déjà toutes les peines du monde à monter et descendre les escaliers étroits du bateau ; les pères de famille, quant à eux, cherchent à se distraire en prisant du tabac et en lisant le journal, ce qui s'avère toutefois insuffisant. Eux non plus ne peuvent guère prêter attention à autrui, préoccupés qu'ils sont par leur contenance, leurs épouses, leur progéniture ; sans compter la nécessité de réfléchir mûrement à ce qu'ils vont oser consommer à bord sans risquer d'avoir l'estomac complètement détraqué. Parce que, en l'absence des plaisirs de l'esprit – aussi simples fussent-ils – qui constituent le meilleur antidote aux indispositions et aux faiblesses du corps, l'on est vite affecté par toutes sortes d'embarras, souffrant tant à cause de ce que l'on mange que de ce que l'on s'abstient de manger. D'ailleurs, nombre de ces messieurs avaient encore à l'esprit les ravages de l'épidémie de choléra. Pas étonnant que chacun d'eux pensât au premier chef à soi. Avec le sérieux de sénateurs romains, ils réfléchissaient, cogitaient, méditaient et, dans la mesure du possible, décidaient enfin de leur repas et d'autres détails essentiels du voyage.

Si parmi les passagers de première classe avait figuré un homme jeune et célibataire, il aurait sans doute eu le loisir d'éprouver de la compassion pour la pauvre personne du pont avant qui avait été séparée de sa tante ; il l'aurait du moins observée et se serait enquis de son nom.

Or, ce jour-là, les voyageurs « distingués » présents à bord de l'*Yngve Frey* ne comptaient aucun homme de ce genre. En revanche, sur le pont avant se trouvait un sous-officier de haute taille – un sergent, disons-le tout de go –, qui, fût-ce par embarras financier ou pour d'autres raisons, n'avait pas demandé mieux qu'une place sur le pont. D'apparence avenante et soignée, il échangeait des propos avec l'un ou l'autre des passagers plus aisés. Aucun d'eux ne l'éconduisait, car sa moustache noire, retroussée, était fort jolie, et son schako suffisamment élégant pour ne pas déplaire aux femmes ; en outre, sa prestance incitait même les respectables pères de famille, pourtant collet monté, à engager la conversation avec lui. En effet, on pouvait deviner chez ce jeune homme une promesse de ne pas croupir longtemps dans le grade des sous-officiers mais, à terme, d'atteindre celui, sinon de capitaine ou de commandant, du moins de lieutenant.

Depuis le pont avant où il se trouvait, le beau sergent avait avisé la jeune fille séparée de sa tante. Un détail avait attiré son attention : au moment du départ, elle portait une coiffe de dame en toile de Cambrai, qu'elle avait retirée peu après et remplacée par un fichu de soie comme ceux que portent les femmes de plus modeste condition. Se posait alors une question : cette passagère était-elle une jeune fille du peuple ou une bourgeoise ? Et que ce soit l'un ou l'autre, pour quelle raison avait-elle changé de couvre-chef ?

Le sergent, qui lui avait prêté attention du fait de sa mésaventure, délaissa peu à peu la conversation avec la compagnie de la première classe et se mit à fréquenter davantage le pont avant. À juste titre d'ailleurs, car c'est là qu'il avait sa place. Cette jolie fille doit être une demoiselle de la bourgeoisie, se dit-il, originaire de province sans doute, qui regagne sa ville natale sous l'aile d'une parente plus âgée, laquelle, retardée par le café du matin, n'a pas pu embarquer à temps. Dans ces circonstances, la jeune passagère se débarrasse promptement de ses attributs de demoiselle, en retirant sa coiffe, afin d'éviter l'inconvenance de voyager sans chaperon ; le foulard sur la tête, elle devient une fille du peuple, à l'instar des quatre ou cinq autres passagères du pont avant, ce qui lui permet, même sans sa tante, de se déplacer – ou du moins de parcourir le lac Mälar – sans attirer l'attention.

Qu'il ait vu juste ou non, le sergent avait été intrigué par cet incident. Il ne parvenait toujours pas à situer la jeune fille. Elle était charmante avec sa mante bleu marine ; le grand carré de belle soie rose pâle, presque blanche, strié de minces rayures vertes, qu'elle avait noué sous son menton à la manière d'un fichu – ou d'un *voile*, comme on disait jadis – et arrangé par-dessus son peigne sur la nuque, agréait au sergent qui ne regrettait guère le chapeau en toile de Cambrai. Il descendit chez le capitaine pour connaître le nom de la jeune personne. L'examen de la liste des passagers révéla qu'elle s'appelait Sara Videbeck et qu'elle était la fille d'un maître verrier de Lidköping, un luxe de détails plutôt rare sur la liste des passagers d'un vapeur ! De fait, elle avait apporté son passeport – ce que font rarement les voyageurs – et avait eu la sagacité de le confier au capitaine pendant le trajet, pour garantir la sécurité de sa personne.

Installé dans la salle à manger – eh oui, la salle à manger, où les passagers du pont avant sont admis pour peu qu'ils se montrent entreprenants et sûrs d'eux –, le sergent ressassait ses pensées (c'était à peu près l'heure du déjeuner – en tout cas, cela pouvait le devenir si l'on passait commande) : « La fille d'un maître verrier de Lidköping… une toute petite ville… fort éloignée de

Stockholm… Une femme de condition ? D'une certaine façon, oui, une fille issue de la bourgeoisie, quoique de la bourgeoisie la plus modeste. Un charmant et curieux *entre-deux* ! Pas une fille de la campagne, encore moins une paysanne – mais pas non plus une fille de la classe supérieure. Comment doit-on considérer une telle personne ? Comment s'adresser à elle ? Il y a quelque chose d'indéfinissable dans cet état intermédiaire. Voyons voir… Un beefsteak, s'il vous plaît ! »

Le déjeuner représenta une interruption bienvenue dans le raisonnement confus du sergent, mais une fois son beefsteak terminé, il reprit ses conjectures : « Ça alors, mais c'est exactement pareil pour moi. Sacrebleu ! Que suis-je, moi ? Pas simple soldat. Ni officier. Ni en bas de l'échelle, ni vraiment en haut. Voyons voir… Bah ! Au diable ! Un *porter*, s'il vous plaît ! »

La boisson avalée, le sergent se leva, ajusta ses moustaches en tire-bouchon, cracha dans le coin gauche du salon, et régla son déjeuner. « Hum, songea-t-il, Sara Vide… – comment est-ce déjà ? – n'a rien mangé ce matin. Si je montais la trouver sur le pont ? Peut-être accepterait-elle de faire un brin de causette ; peut-être pourrais-je lui offrir quelque chose, un verre, par exemple ? » S'égarant à nouveau dans ses pensées, toujours passablement confuses, il finit par cesser de réfléchir. Au lieu de cela, il inspecta ses bottes et les jugea impeccables, épousseta son schako et le trouva fort seyant. En deux pas lestes, le jeune conquérant gravit les marches et, de retour sur le pont, visa l'étrave du navire.

Son regard rencontra d'abord un groupe de colporteuses de Dalécarlie* qui se tenaient devant les quatre ou cinq femmes de condition modeste, évoquées précédemment (parmi lesquelles se trouvait également une tête au fichu rose pâle), ainsi que quelques mécaniciens barbouillés de cambouis. Le sergent s'approcha. Il entendit les Dalécarliennes proposer des anneaux de crin, habilement tressés : des noirs, des blancs, des verts et des rouges, comportant un nom assorti d'une inscription. Les femmes marchandaient âprement. Celle au fichu rose clair ne marchandait pas, mais le sergent la vit examiner attentivement les anneaux, avant d'arrêter son choix sur un spécimen noir et blanc, très simple, sans aucune inscription. La Dalécarlienne annonça le prix : six schillings. La tête rose fit un geste de consentement, puis une petite bourse – une aumônière tricotée en soie verte – fut tirée de sous la mante, et une pièce en argent, gracieusement posée au creux d'une main enveloppée d'un gant couleur de lilas, fit son apparition. Douze schillings, une pièce parmi les plus petites.

« Pouvez-vous me rendre six schillings là-dessus ? demanda une voix agréable avec un délicieux accent de Vestrogothie** aux « r » légèrement grasseyés.

– Six schillings en monnaie ? soupira la Dalécarlienne. Ah, ma belle dame, je ne les ai pas, mais

* *Comté du centre-ouest de la Suède. (Toutes les notes sont des traducteurs.)*

** *Une des vingt-cinq provinces historiques de Suède, située dans le sud-ouest du pays, entre les grands lacs de Vänern et de Vättern.*

achetez-moi deux anneaux, cela fera douze schillings tout rond. Allez, achetez donc !

– Euh… non, sans façon ! » répliqua-t-elle.

Posté derrière, le sergent ne voyait que la nuque gracieuse, dont un léger fléchissement lui indiqua que la réponse venait d'elle.

Il s'avança, plein d'entrain :

« Permettez-moi, Mademoiselle Vide… – il s'interrompit –, permettez, hum, que j'achète ces deux anneaux à cette brave personne. »

Il déposa dans la main de la marchande une pièce de douze schillings et, sans plus de cérémonies, s'empara des deux bijoux noir et blanc qu'elle brandissait, espérant faire affaire. Légèrement surprise, la jeune femme leva les yeux sur le militaire. Sans se laisser intimider, celui-ci lui tendit l'un des anneaux :

« N'était-ce pas celui-ci que Mademoiselle Sa… euh… n'était-ce pas celui-ci qui vous plaisait ? Prenez-le, s'il vous plaît, il est pour vous. Moi je garde l'autre. »

La jeune fille le gratifia d'un regard qui lui parut non dénué de bienveillance. Prise au dépourvu, elle avait saisi l'anneau ; cependant, au lieu de le passer à son doigt, comme le sergent l'escomptait, elle s'approcha lentement du bastingage et, sans un mot, le laissa tomber dans le lac.

« Félicitations, sergent ! » se lança-t-il à lui-même, devant ce geste. « Autant dire que je suis bel et bien éconduit ! Bravo, quel balourd ! Pourquoi l'ai-je appelée Mademoiselle, alors qu'elle a mis un foulard pour passer inaperçue ? J'aurais dû la tutoyer, plutôt ! Et puis quelle idée d'offrir un anneau à une inconnue ? Sur le pont d'un bateau, qui plus est ! Pff, honte à toi, Albert ! »

Il gagna le bastingage opposé, ôta l'anneau de son propre doigt et le jeta par-dessus bord. Après quoi il cracha sur le canon de salut maritime qui se trouvait près de lui. Ayant fait quelques pas sur le pont en direction du gaillard d'avant, il se retourna, et à cet instant le hasard voulut qu'il tombât nez à nez avec l'inconnue en rose qui observait le mouvement des machines.

« Voilà, dit-il en lui montrant sa main, regarde : moi aussi j'ai jeté mon anneau par-dessus bord. C'était la meilleure chose à faire. »

Pour toute réponse, elle le toisa de la tête aux pieds, puis esquissa un sourire, plutôt affable, qui lui donna un petit air malicieux.

« L'anneau est dans l'eau ? Eh bien !

– J'espère qu'un brochet l'a déjà avalé.

– Le mien, c'est une grosse perche qui l'a pris.

– Alors, reprit le sergent en baissant la tête, quand le brochet avalera la perche, – bientôt, je l'espère –, les deux anneaux se retrouveront malgré tout près du même… cœur ! »

Ces paroles, chuchotées par le sergent sur un ton empli de tendresse, lui valurent un camouflet cuisant. Sans un mot, la jeune fille tourna les talons et rejoignit les autres femmes.

« Félicitations bis, sergent ! se lança-t-il à nouveau. Éconduit, une fois de plus ! Mais quelle idée de lui parler de cœur ? Et sur le pont, de surcroît ! Enfin, elle m'a laissé la tutoyer, c'est déjà ça. Donc, dorénavant, plus de Mademoiselle. »

Il descendit dans la salle à manger, s'acheta un cigare, qu'il alluma, puis remonta et s'assit sur sa malle. Dominant les alentours du regard, il tirait sur son cigare, faisant échapper de longues volutes de fumée. Il avait fière allure.

La charmante fille du maître verrier passa plusieurs fois devant lui, indifférente, tantôt rajustant le nœud de soie rose pâle sous son menton, tantôt triturant les pointes du foulard qui tombaient gracieusement sur sa poitrine. Faisant cela, elle devisait gaiement avec les autres femmes et semblait très à l'aise.

Comme tant de choses en ce monde, le cigare eut une fin. Le sergent voulut lancer à l'eau son mégot encore allumé, mais celui-ci était si léger qu'il atterrit sur le pont et continua de se consumer. C'est alors que surgit une bottine des plus élégantes, qui, pschitt !, écrasa le mégot, lequel s'éteignit tout net. Levant les yeux de la bottine, le sergent reconnut la passagère en rose. Leurs regards se croisèrent. Il quitta prestement son perchoir et s'avança vers elle avec une courtoise révérence :

« Merci, belle jeune fille ! Mon cigare n'était certes pas digne d'être touché par ce joli pied, mais… »

Pour toute réponse, elle prit un air froid et distant, lui tourna le dos et s'éloigna.

« Eh bien, au diable ! » Sur cette conclusion, le sergent découragé et cramoisi, s'engouffra dans l'escalier qui menait à la salle à manger pour se réfugier dans le coin le plus sombre, propice au sommeil ou à la contemplation. « Bon sang, Albert ! se dit-il en balayant une mèche de son front. Je l'ai appelée jeune fille, mais elle ne l'a pas plus accepté que quand je lui ai donné du Mademoiselle... La bonne blague ! »

N'étant pas seul, il n'élevait pas la voix. Toutefois, soucieux de montrer sur-le-champ, tant aux autres qu'à lui-même, qu'il avait du caractère, il héla avec rudesse la serveuse à l'entrée de la cuisine : « De la viande salée et du pain ! Et vite ! »

La serveuse apporta la commande sur un plateau.

« Au diable, avec vos tartines ! J'ai demandé un petit pain français, non ? »

Docile, elle remporta le plateau et déposa ses tartines de craque pain sur le passe-plat.

« Apportez-moi un verre de Château Haut-Brion ! Et plus vite que ça ! »

Un verre fut posé sur le plateau, ainsi qu'un nouvel en-cas composé d'un pain français entier.

« S'imagine-t-elle que j'ai une bouche à enfourner toute une miche ? À Stockholm, on a au moins l'intelligence de couper le pain français en deux et d'étaler du beurre sur les deux moitiés ! »

La serveuse s'en retourna derechef, prit un couteau et commença à couper le pain.

« Morbleu ! Je te demande de prendre un autre pain, de le couper en deux dans l'épaisseur et d'étaler le beurre à l'intérieur de chaque moitié, ce n'est pas compliqué ! Quoi ? Le beurre dessus ? Prends un autre pain ! Ah, que c'est long ! Diantre, jette-moi tout cela, je n'ai plus faim. »

Au comptoir, la serveuse marmonna quelques mots acerbes sur ces messieurs distingués. Et à vrai dire, cela ne déplut pas au sergent, qui s'approcha pour payer.

« Je les ai commandés, dit-il, voici l'argent.

– C'est qu'on a l'estomac sens dessus dessous, pardi ! » entendit-il déclarer un voyageur vêtu de noir.

Le sergent se retourna, vit un col à rabat et reconnut le visage blafard, la peau luisante et les deux petits yeux d'oiseau, bleu clair, du pasteur d'Ulricehamn.

« Oh, mais bonjour ! Monsieur le pasteur Sund… hum… rentre sans doute chez lui ?

– Oui, oui, pardi.

– Moi aussi je me rends en Vestrogothie, mais je ne retourne pas chez moi. Au contraire, je m'en éloigne, dit le sergent, tout en s'emparant machinalement du gros pain dédaigné auparavant, qu'il avait toutefois payé et dans lequel il mordit à pleines dents.

– Il en est ainsi, poursuivit le pasteur, l'un s'en va, l'autre s'en retourne. Moi je vais à Ulricehamn.

– Oui, et… (Le sergent vida son verre de Haut-Brion resté sur le plateau.)

– Tant qu'on a la santé, il est bon de voyager, remarqua son interlocuteur.

– Et comment ! (Le sergent avalait à présent la dernière bouchée de sa commande.)

– Monsieur le sergent quitte-t-il Stockholm pour longtemps ?

– J'ai trois mois de permission. Puis-je vous offrir un verre, monsieur le pasteur ? Que prendrez-vous ? Un *porter* ? Ou du porto ?

– Oui, oui, pardi, on a l'estomac dérangé sur le Mälar. Alors si vous insistez, allons-y pour du porto ! Ou de la bière ! »

Le sergent commanda les deux, et le pasteur, incapable de trancher sur ce qu'il préférait, but l'un et l'autre, après quoi il lança au jeune militaire une très chaleureuse invitation à lui rendre visite à Ulricehamn et à Timmelhed pour le dédommager de sa dépense.

Le sergent s'inclina, paya et regagna le pont au pas de course, ragaillardi.

En parcourant du regard les rivages longés par le vapeur, il aperçut Strängnäs, où l'on allait bientôt faire escale. Du lac, on voit déjà la grande cathédrale au majestueux clocher qui domine tout le comté de Sudermanie. À mesure que l'on approche, on découvre un enchevêtrement de petites maisons de bois rouge agglutinées au pied de l'édifice. Seul le bâtiment aux fenêtres rouges à croisées, sur la gauche, qui abrite l'école et le lycée, s'élève au-dessus des bicoques aux allures de resserres. Quand on accoste enfin au vieux ponton branlant, on se dit : « C'est donc ça, Strängnäs. »

*

Ce que le voyageur voit depuis le débarcadère n'est ni un port, ni une place, ni une vraie rue, mais une montée ; et la plupart des maisons ont même l'impolitesse de lui tourner le pignon. Néanmoins, le vapeur faisant une halte d'une demi-heure, on a le temps de mettre pied à terre. Ici, on n'est pas accueilli par des craquelins comme à Södertälje ; mais en empruntant le ponton avec précaution, pour éviter les trous dans les planches vermoulues, on finit par se retrouver dans la ville, sain et sauf.

Ce fut le cas de notre sergent et d'une… disons, d'une autre personne. Pendant qu'il assistait depuis le pont avant à la pose de la passerelle, il aperçut non loin de lui la tête rose pâle aux yeux pétillants qui contemplait la petite ville. Il s'arma de courage, bien décidé à éviter tous qualificatifs hasardeux tels que Madame ou Mademoiselle, en somme tout titre.

« Un mot ! l'aborda-t-il sur un ton dégagé, un mot ! Descendons à terre, venez ! Ici, c'est trop bruyant. Ils vont charger du bois et nous causer toutes sortes de désagréments. Dans la salle à manger, ce ne sera pas mieux, et y rester pour déjeuner sera pénible, pour ne pas dire affreux ! Mais je connais un endroit très agréable un peu plus haut – pourquoi ne pas y déjeuner après un si long jeûne ? »

Sans se formaliser, elle le laissa lui prendre le bras, franchit la passerelle et se serra contre lui en traversant le ponton dangereux – les voilà à Strängnäs.

« Cette petite ville me plaît, s'exclama-t-elle en jetant des regards enjoués autour d'elle. C'est autre chose que Stockholm !

– Ce sera encore mieux quand on se rapprochera du centre, renchérit le sergent.

– Regardez, regardez, poursuivit-elle, ah, je respire… Mais… Lidköping est quand même plus jolie !

Allons donc par là, par cette ruelle, regardez la maison aux volets blancs ! »

Le jeune militaire, ravi de pouvoir constater aussi rapidement, et presque contre toute attente, qu'il avait affaire à une personne loquace, commençait lui aussi à trouver Strängnäs agréable. C'est effectivement une ville avenante. Tout y est sans prétention. En montant du lac, on s'engage dans des rues et des ruelles étroites qui serpentent sur les collines. Aucune rectitude arrogante dans cette ville. Ses vieilles petites maisons sont accueillantes et présentent non seulement des pignons, mais aussi de longues façades avec de jolies fenêtres et des portes qui donnent envie d'entrer. Nulle trace de la distinction propre aux demeures patriciennes, ni de prétention d'une bourgeoisie prospère et vaniteuse, pas plus que de grands airs que se donnent les maisons des paysans de vieille souche – non, ici on ne croise que des citoyens modestes. On imagine que toutes ces bâtisses abritent des bateliers, des maîtres verriers, des brossiers, des pêcheurs.

Bien sûr, cela ne concerne que la Strängnäs que découvre le voyageur arrivant par le lac, avant qu'il n'atteigne la colline boisée, où la cathédrale, le palais épiscopal et quelques autres demeures suggèrent l'existence d'un monde plus distingué. Mais le sergent et la fille du maître verrier, qui cheminaient bras dessus, bras dessous, n'avaient pas encore atteint ces hauteurs. Ils n'étaient même pas arrivés à la place du marché. L'enthousiasme qu'elle avait manifesté pour la petite maison aux volets blancs leur avait fait préférer le pittoresque dédale de ruelles tortueuses et de maisons biscornues entre le rivage et la place. Le sergent conduisit sa compagne dans une cour. Un grand escalier aux rampes peintes menait à l'entrée d'un bâtiment qui ne semblait comporter qu'un étage et pas de rez-de-chaussée. La jeune fille donnait l'impression de s'y sentir comme un poisson dans l'eau, tout en répétant que Lidköping était encore plus belle.

Ils passèrent un perron couvert et pénétrèrent dans une vaste salle bien propre avec un grand comptoir. Sara Videbeck devina qu'il s'agissait d'une auberge. Le sergent aborda une personne d'apparence joviale et bien mise qui essuyait des assiettes derrière le comptoir :

« Donnez-nous l'un de ces cabinets particuliers, celui-ci à droite ou celui-là à gauche, peu importe. Que nous recommandez-vous ?

– Des framboises avec de la crème chantilly.

– Et quelque chose de plus consistant ?

– Des bécasses rôties, du saumon frais…

– Très bien ! Mais servez-nous vite, ordonna le sergent, faisant entrer sa compagne dans le cabinet de droite, puis il ajouta plus bas, en se retournant sur le seuil :

– Et deux verres de vin de cerise ! »

Une fois dans le petit cabinet, ils fermèrent la porte pour ne pas être dérangés par d'éventuels clients dans la grande salle. Sara Videbeck ôta son fichu de soie, dévoilant une soyeuse chevelure brune, partagée par une raie ; elle avait glissé quelques mèches bouclées derrière ses oreilles (les boucles postiches avaient disparu en même temps que le chapeau en toile de Cambrai). Elle retira également ses gants couleur lilas, découvrant deux petites mains blanches et potelées qui semblaient n'avoir jamais effectué de tâches grossières, mais que l'on pouvait trouver un peu épaisses, avec de jolis doigts pas très effilés et ornés de fossettes. Que ces mains n'aient jamais joué du luth ou effleuré les touches d'un piano, manié le pinceau ou tourné les pages de beaux livres (activités nécessitant des doigts longs et fins), le sergent n'en doutait pas une seconde ; mais tout aussi certainement, elles n'avaient jamais bêché, nettoyé l'écurie, battu la lessive ou accompli une autre besogne de ce genre ; en revanche, il n'était pas dit qu'elles n'avaient pétri le mastic, car ce dernier rend la peau blanche et douce. Voilà pour les mains ! Par ailleurs, cette personne n'était ni petite ni ronde, mais plutôt mince et élancée.

Elle ne semblait nullement gênée de se trouver en tête-à-tête avec le sergent. Après avoir détaché un brin de lavande dans un pot sur le rebord de la fenêtre, elle l'écrasa entre ses doigts, qu'elle renifla avec plaisir. Pour ne pas paraître inoccupé, le sergent fit de même avec une feuille de géranium.

« Quel joli endroit ! s'écria-t-elle. Et cette belle commode ! Est-ce du noyer ou du chêne ? Non, c'est très certainement du poirier poli... ou encore du pommier ? »

Le sergent, qui ne fréquentait pas les ateliers de menuiserie, ne pouvait répondre à cette question. Au lieu de cela, il désigna un autre objet :

« Ça alors ! s'étonna-t-il. Ce large cadre doré autour du miroir commence à s'écailler ! C'est sûrement de l'acajou !

– Un cadre en acajou ? Eh bien, je sais ce qui est encore mieux : un cadre en verre ! Du verre fin et transparent, des chutes de verre provenant de la taille des vitres. On les assemble sur du papier de couleur, et ça fait de jolis cadres. Pour tout dire, la glace, on se regarde dedans, mais le cadre, on le regarde, lui, par plaisir ; en dessous, on peut mettre toutes sortes de papiers, et ça fait un bel effet ! Avez-vous… Monsieur a-t-il… déjà vu pareille chose ? »

Elle fut embarrassée, ne sachant comment s'adresser à lui. Mais à l'instant même on apporta la commande ; des assiettes qui venaient d'être essuyées furent posées sur une nappe, certes en toile grossière, mais d'une blancheur éclatante.

« Et si le bateau part sans nous ?

– Oh non, répondit le sergent. D'abord, on entendra le signal du départ, et on aura le temps de rejoindre le quai. »

Une fois la serveuse partie et la porte refermée, le sergent leva son verre de vin de cerise : « À notre voyage ! »

Sans se faire prier, Sara Videbeck saisit l'autre verre et trinqua joyeusement avec lui :

« Santé !

– Un mot, ou même deux, avant de boire, intervint le sergent. C'est embarrassant et peu commode de ne pas savoir comment s'appeler l'un l'autre. Alors…

sans vouloir offusquer, ni blesser, ni froisser… si, par exemple, l'on se tutoyait, du moins le temps du repas ?

– Se tutoyer ? Eh bien, d'accord ! »

Elle trinqua une fois de plus. Et, la chose étant entendue, on finit le vin de cerise.

Maintenant qu'il n'avait plus ce poids sur le cœur, le sergent se sentit renaître ; il allait et venait dans la pièce, se montrait de plus en plus sûr de lui, joyeux et attentionné. La jolie fille du maître verrier demeurait égale à elle-même : elle restait à table, se servait et mangeait, certes d'une charmante manière, mais sans aucun raffinement particulier. Elle tutoyait sa nouvelle connaissance tous les quatre mots, sans manifester une quelconque timidité ni arrogance. Elle paraissait très à l'aise.

Le sergent, aussi conscient qu'il pouvait lui en remontrer en matière de bonnes manières, n'en fut que plus heureux :

« Chère Sara, encore des framboises ? La crème est délicieuse, n'est-ce pas ?

– Excellente. Volontiers. Cela me rappelle Lundsbrunn où je suis allée l'été dernier… »

Il sortit pour commander davantage de framboises.

À ce moment, le signal de départ du vapeur retentit.

« Ah, dit-elle en se levant et en enfilant ses gants. Il faut décommander les framboises !

– Chère Sara, assieds-toi. Les framboises arrivent, nous aurons tout le temps de regagner le rivage.

– Non, non ! Il faut être à l'heure. Demande la note. »

Elle remit son fichu, et sortit un mouchoir dans lequel était enveloppée sa bourse.

« Pardon ? répliqua le sergent

– Dépêche-toi ! » Elle passa devant lui, s'avança jusqu'au comptoir de la grande salle et demanda la note.

« Une rixdale et 24 schillings.

– Voici 36 schillings, fit-elle en sortant les pièces de sa bourse en soie. C'est la moitié. Merci, ma dame. »

Puis elle fit un signe de tête à la serveuse :

« Au revoir Mam'zelle ! »

Le signe de tête à Ma dame et à Mam'zelle se voulait aimable, mais dénotait une condescendance qui laissait deviner qu'elle-même ne revendiquait aucune des deux appellations.

De son côté, le sergent blêmit ; l'ayant invitée, il voulut expliquer que c'était à lui de payer. Mais Sara Videbeck était déjà à la porte, le temps pressait. Dépité, il se mordit la lèvre, s'acquitta de ses 36 schillings et sortit après elle.

Sur le perron, alors qu'ils allaient descendre le grand escalier, elle l'effleura d'un léger mouvement du coude, signifiant qu'il devait lui donner le bras. Il le fit.

« Merci de m'y avoir emmenée, ça m'a bien plu, glissa-t-elle de sa plus jolie voix en lui touchant la main d'un geste qui ressemblait presque à une caresse.

– Pas de quoi. (Tu as payé ta part, pensa-t-il en son for intérieur.)

– Si, je te suis très reconnaissante, j'avais faim. Et partout de braves gens, et gentils avec ça… Cette ville s'appelle bien Strängnäs ?

– Oui. J'aurais aimé te mener jusqu'à la cathédrale pour que tu puisses avoir une vue d'ensemble ; là-haut, il y a des arbres magnifiques à l'ombre desquels on peut se promener.

– Tant pis ! Il faut se dépêcher, le vapeur nous attend ! »

D'un pas alerte, ils descendirent l'escalier et se dirigèrent vers le quai ; en passant par les ruelles tortueuses, Sara prenait plaisir à saluer de la main chaque coin de rue.

« Comment sais-tu que je m'appelle Sara ? s'enquit-elle. Moi aussi, j'aimerais bien connaître ton prénom !

– Albert, répondit le sergent.

– Albert, voyons, oui, c'est vrai, j'ai vu ce prénom dans l'almanach. C'est d'ailleurs celui que le maître ébéniste Ahlgren a donné à son fils. J'étais sa marraine quand il a été baptisé l'été dernier. Un gentil petit garçon, avec des yeux brillants comme de l'émail.

– Tu habites bien à Lidköping ? Et tu y retournes, je suppose ? s'autorisa à demander le sergent.

– Oh, attention ! Regarde où tu mets les pieds », s'écria-t-elle, tandis qu'ils atteignaient le ponton dangereux.

Ils franchirent la passerelle sans encombre et retrouvèrent le monde du vapeur. Les pales se mirent à tourner ; le navire s'éloigna du rivage, faisant ses adieux à Strängnäs dans un nuage de fumée et un grondement sourd, tel un dragon flottant.

*

Résolu à se montrer galant avec sa nouvelle connaissance, le sergent descendit dans la salle à manger et demanda une livre de confiseries.

– On n'en vend pas sur les vapeurs.

– Diantre ! Avez-vous au moins des oranges ? Il me semble en voir là-bas dans la corbeille.

– Oui.

– Donnez-m'en quatre.

Quand, les fruits à la main, il regagna le pont, voici l'ordonnancement qu'il y trouva. La plupart des passagers distingués – les messieurs, leurs épouses et leurs enfants – étaient descendus au salon ; d'autres, installés à l'arrière du pont, somnolaient, en échangeant de temps en temps des remarques insignifiantes, sans se soucier de ce qui se passait autour d'eux. À l'avant, du côté de l'étrave, les colporteuses de Dalécarlie piquaient du nez, adossées aux cordages enroulés. Les quatre ou cinq jeunes paysannes dont il a déjà été question s'étaient attroupées, tournant le dos à une voile à moitié déployée. Le capitaine était probablement dans sa cabine, car on ne le voyait pas sur le pont. Les mécaniciens se tenaient dans leur ergastule. Le sergent se demanda où était sa belle en rose.

Il finit par la découvrir assise sur une petite banquette peinte en vert, dans le recoin derrière un des cache-roues en bois près du bastingage. Cette place à l'écart n'était pas pour lui déplaire ; il s'approcha, s'assit à côté d'elle et lui offrit une orange.

Elle l'accepta d'un signe de tête et sortit son aumônière.

« Bon sang de bonsoir, se dit le sergent en sentant son visage s'empourprer. Elle ne va pas me faire l'affront de vouloir payer sa part des fruits ! »

Ses craintes étaient infondées ; Sara sortit de sa bourse en dentelle un couteau au manche en argent fourré, à l'aide duquel elle éplucha une orange qu'elle tendit courtoisement à Albert. Puis elle s'en pela une, la divisa en six quartiers et commença à la déguster.

Albert la remercia et la pria de lui prêter son couteau pour découper le fruit. Il le considéra avec un certain étonnement : malgré son bout arrondi, l'instrument ne ressemblait pas à un couteau de table. Il était par ailleurs neuf et fort aiguisé. Sans y accorder plus d'attention, le sergent reprit la conversation après quelques instants :

« Et maintenant, Sara, faisons connaissance : dis-moi, qui est donc cette femme, cette "tante" qui, euh…

– Celle qui a raté le bateau ? Eh bien, c'est ma tante.

– Oui, certes, mais…

– Je suis navrée que ma pauvre tante Ulla n'ait pu monter à bord : elle va devoir se faire conduire ou prendre la diligence de Göteborg, et on verra bien où (et si du tout) nous nous retrouverons en route. Mais puisqu'elle a manqué de chance ce matin, elle restera peut-être encore un temps à Stockholm. J'ai aussi une autre tante, Gustava, qui n'est pas mariée et habite Lidköping. C'est elle qui, pendant mon absence, prend soin de ma mère malade. Tante Ulla, elle, vit à Stockholm depuis longtemps et elle voulait m'accompagner pour changer d'air ; c'était bête d'arriver en retard, mais elle est comme ça, cette pauvre tante. C'était dommage pour moi aussi : en voyage, c'est toujours mieux d'être accompagnée par une tante ou une autre personne. Mais j'étais sûre que je ne manquerais pas de faire en chemin une rencontre comme… Mange donc cette orange, Albert ! Je ne vais quand même pas les finir seule…

– Merci, dit-il, heureux de pouvoir placer un mot. Viens-tu souvent à Stockholm ? De Lidköping, ce n'est pas la porte à côté !

– Non, c'était la première fois. J'avais besoin d'y aller, pour chercher de l'huile et des diamants, et aussi pour découvrir la dernière mode. »

Le sergent la regarda avec curiosité, mais ne dit rien. De l'huile… J'ai dû me méprendre sur sa qualité. Hum… La dernière mode ? Il la jaugea de la tête aux pieds : certes, elle était plutôt élégante, mais à sa façon.

« Des diamants ? répéta-t-il à mi-voix.

– Oui, des diamants, mon bon monsieur ! Ha, ha ! Tu crois peut-être que le silex peut faire l'affaire, mais pas du tout. Le silex, c'est bon pour faire du feu, ou pour une pierre à fusil. Mais qui veut couper du verre a besoin de diamant, vois-tu. »

Ses grands yeux exprimaient la fierté qui lui conférait un air presque altier ; pourtant, elle ne s'était jamais montrée hautaine, sauf quand elle lui avait tourné le dos. En voyant Albert, surpris, sur le point de lâcher son orange, elle retrouva son ton affectionné.

« D'ordinaire, c'est à Göteborg que nous nous fournissons en craie, et nous aurions pu le faire aussi pour l'huile, mais ma mère a reçu une lettre disant qu'à Stockholm on peut s'en procurer pour quatre shillings de moins la pinte. J'ai eu envie d'aller voir ce qu'il en était, puisque j'avais une tante chez qui loger. Mais quant à la dernière mode, dont on parlait tant à Lidköping, qui consisterait à teinter le verre des fenêtres d'église, je m'en moque. Je n'en ai pas vu une seule de ce genre à Stockholm ; et pourtant, j'ai couru toutes les églises de la ville, et ce n'était pas une mince affaire, tellement elles sont nombreuses, mais de verre teinté, je n'en ai vu nulle part. Je ne sais pas d'où vient cette histoire, sinon d'Uppsala, où un assesseur aurait peint les fenêtres d'un chœur d'autel. J'avais pensé apprendre ce procédé, parce que nous avons beaucoup de commandes de fenêtres d'église, même jusque dans la ville de Skara. Parce qu'à Skara, personne n'est capable de travailler le verre, et je savais qu'il nous serait avantageux de pouvoir le colorer dans notre atelier. Nous aurions été les seuls ou presque à maîtriser cette nouvelle mode, et on aurait fait appel à nous au moindre bris de vitre dans une église. Mais qu'importe : si cette mode n'existe nulle part, elle n'a aucune valeur. Des diamants, j'en ai trouvé de beaux et je suis assez contente du voyage. Et pour ce qui est de l'huile…

– Pourquoi au nom du ciel as-tu besoin de toute cette huile ?

– Pour le mastic, bien sûr ! Qu'en ferais-je, sinon ?

– Mais pourquoi ton père ne se déplace-t-il pas lui-même ? Ce sont des affaires importantes et le voyage est long…

– Mon Dieu ! Cela fait dix ans qu'il est mort.

– Ça alors !

– Ma mère, la pauvre, a dû se charger de l'atelier, elle en a hérité en tant que veuve, bien entendu ; seulement, voilà deux ans qu'elle est alitée, et c'est moi qui m'occupe de tout.

– Mais dis-moi, belle Sara, quel âge as-tu ? Si je peux me permettre de te poser la question.

– Un peu plus de vingt-quatre ans.

– Tu plaisantes ? Je t'en donnais dix-huit ! Tes joues… ta peau…

– Oui, les mêmes joues qu'à dix-huit ans. On raconte que les filles de magistrat, les bourgeoises et les demoiselles de la noblesse se font passer pour plus jeunes qu'elles ne sont, j'ai entendu que c'était l'usage à Lundsbrunn*. Mais je trouve ça peu seyant de paraître plus que l'âge qu'on annonce. Aussi je fais le contraire. Quel âge… si je puis me permettre ?

– Moi ? Nous avons presque le même âge : j'ai vingt-cinq ans.

– Et moi qui te prenais pour un jeune homme de vingt ans seulement, qui n'aurait pas encore pris du galon. Tu n'y vas pas par quatre chemins !

– Du galon ? Ah, mon amie, à vrai dire, je n'en ai pas encore pris, et je n'irai peut-être jamais jusque-là.

– Que… qu'es-tu donc ?

– Un simple sous-officier.

– J'en ai déjà rencontré du côté du Skaraborg, c'étaient de braves gens. Je me souviens qu'aux thermes

* *Station thermale en Vestrogothie.*

de Lundsbrunn – où de prétendues bourgeoises faisaient semblant de boire les eaux médicinales pour tout et rien – ça grouillait aussi de lieutenants, de capitaines et d'autres majors soi-disant officiers des régiments de Vestrogothie, du Dalaland et du Skaraborg, qui feignaient aussi souffrir de quelque mal et passaient leur temps à bavarder avec ces femmes. Mais les sous-officiers que j'ai aperçus à Lundsbrunn étaient de braves gars souffrant de vraies maladies, et qui ne buvaient point pour le plaisir.

– Mais que faisais-tu à Lundsbrunn, Sara ? Toi qui es en bonne santé, tu t'y étais certainement rendue pour admirer la belle nature ?

– Je n'y suis restée qu'une journée, pour les affaires, et j'en ai fait de bonnes. Je suis allée surveiller deux apprentis qui devaient changer des carreaux que des curistes avaient brisés dans la salle des thermes, au cours d'un singulier jeu de ballon, le 4 juillet. Mais on ne peut jamais faire confiance aux apprentis ; ces garçons-là abîment le matériel ; ils ne savent pas couper, ni manier le diamant. Comme c'était un travail d'importance, j'y suis allée moi-même et je ne le regrette pas. Imagine-toi, Albert, j'ai posé cinquante-six petits carreaux, vingt-deux en verre bouteille ordinaire ; et écoute-moi ça : trente-quatre en beau verre fin ! De plus, j'ai vendu dix coffrets en verre ornés de feuilles d'or sous les bords ! Nous sommes les seuls à en fabriquer dans notre atelier ; et puis six grandes lanternes, qu'on utilise pour descendre à la cave chercher les eaux de Seltz, de Spa, et autres. Comme je l'ai dit, j'ai vu là-bas seulement deux sous-officiers, des messieurs sérieux, atteints de la goutte, du régiment de Vestrogothie et du Dalaland. Comment est-il possible que tu sois déjà sous-officier à ton âge ?

– À Stockholm, il y a parfois de jeunes sous-officiers, en particulier lorsque… oui, vois-tu, je suis sergent, c'est le dernier grade avant celui d'officier…

– Cher… chant ? Eh bien, soit. Ne demande jamais à devenir officier ou lieutenant, ce sont des vauriens. Ces fainéants ne font que bavasser pendant tout le jour avec des bourgeoises, et le soir avec des servantes, tous des bons à rien ! Jabots et collerettes, rien dans la tête, ni dans la bourse ! »

Un ange passa.

Notre militaire restait interloqué par les talents oratoires et les digressions audacieuses de son amie au franc-parler. Bien sûr, il souhaitait ardemment devenir lieutenant et espérait obtenir cette promotion grâce à ses liens de parenté, tenus secrets, avec une importante famille de la capitale. Il se savait en outre en fonds, pour avoir été envoyé en voyage d'inspection de quelques propriétés pendant sa permission estivale. Il ne voulait donc pas se voir affubler de la fâcheuse étiquette « jabots et collerettes… », même si, à vrai dire, il n'avait rien contre quelques badinages avec la gent féminine de temps à autre. Décontenancé, il leva les yeux vers cette Sara si catégorique. Il examina son visage : ses yeux gais et bienveillants semblaient contredire la sévérité de ses propos. Étant donné ces lèvres bien dessinées, rouges et pleines, ces dents blanches et régulières et la pointe de cette jolie langue rouge vif qui apparaissait parfois, on pouvait bien lui pardonner la question qu'il se posait en silence : « Personne au monde n'a-t-il jamais embrassé cette bouche ? »

Sara considéra à son tour le visage d'Albert, et finit par lui demander d'une voix empreinte de douceur :

« Que regardes-tu ? »

Hardi, sans réfléchir une seconde, il répondit :

« Je me demande si quelqu'un a déjà embrassé cette bouche. »

Il n'eut pour toute réponse qu'un fugace sourire, puis elle se détourna et regarda vers le Mälar. Son regard ne trahissait ni coquetterie, ni inimitié ; mais il ne révélait pas non plus quoi que ce soit de romantique, d'exalté ni d'éthéré. Un être curieux, un entre-deux. Ni disgracieux, ni d'une grande beauté. Un être dont on pourrait dire avec bonhomie : « Eh bien, ça peut aller ! C'est comme ça – mais ça peut aller. »

Comme elle ne l'éconduisait pas, qu'elle ne lui tournait pas le dos et qu'elle ne s'en allait pas, le sergent, encouragé, continua :

« Moi aussi j'aurais pu te parler comme tu dis qu'on parle aux autres femmes, et j'avoue qu'il m'est arrivé de tenir ce genre de propos. Mais tu m'as expliqué combien tu détestes ces manières ; et après ce qui s'est passé ce matin, je ne veux plus évoquer le *cœur*. Du reste, je crois que le tien est de verre et que, moi, je ne possède pas de diamant… seul instrument capable de graver une marque dans un tel…

– Descends-tu à Arboga, où l'on arrive ce soir, Albert ? demanda-t-elle avec un regard pénétrant.

– Moi ? Certainement pas. Je vais jusqu'au canton de Vadsbo, où j'ai des affaires à régler, et ensuite, peut-être encore plus loin, en Vestrogothie.

– Alors nous voyagerons ensemble (un nouveau regard pénétrant) – comme ça, nous pourrons louer un attelage à deux chevaux... nous partagerons les frais... et... car je vois que tu n'as pas ton propre véhicule... le voyage en charrette de paysan est pénible, et les charretiers sont des voyous... et d'une saleté... très peu pour moi. »

Le sergent se leva d'un bond. Il l'aurait volontiers serrée dans ses bras, s'ils n'avaient été sur le pont. (« Non, son cœur n'est pas de verre ! » pensa-t-il.)

« Assieds-toi, Albert, on va s'amuser à calculer les frais de voyage. Faire du calcul mental est mon plus grand plaisir, aide-moi si je me trompe. Voyons voir – la première étape, à partir d'Arboga, est-ce bien Fellingsbro ? »

Le sergent se rassit à ses côtés, radieux et guilleret, comme s'il avait gagné le bâton du maréchal. À cet instant, il la trouvait si rayonnante, ou plus exactement si délicieusement belle qu'aucune autre jeune fille. Tout en elle était si raisonnable, si sage, et en même temps si charmant.

« Alors, me répondras-tu ? fit-elle en lui tapotant doucement la main de son gant couleur lilas, qu'elle avait précautionneusement retiré avant de peler l'orange.

– La route va à Fellingsbro, c'est exact, et ensuite jusqu'à Glanshammar.

– Puis Wretstorp...

– Non, pardi ! Il faut d'abord traverser Örebro et Kumla.

– C'est vrai, et puis Wretstorp, impérativement. Puis, enfin Hova, et nous serons arrivés.

– Comment ? Vis-tu à Hova ?

– Je suis chez moi en Vestrogothie, et dès que j'aurai posé le pied à Hova, ce ne sera plus très loin. »

En le disant, Sara tendit son petit pied et en frappa avec détermination le sol, de manière tout à fait vestrogothienne.

Albert eut une nouvelle occasion d'admirer la jolie bottine bien faite.

« Est-ce de l'artisanat de Lidköping ?

– Pardon ?

– Je veux dire, si les cordonniers de Lidköping sont si habiles…

– C'est une belle ville, oui, magnifique ! Comment, tu n'y es jamais allé ?! Des cordonniers ? Dis donc ! Couturiers, quincailliers, forgerons, coffretiers, menuisiers, il y a de tout. Et aussi un tas de marchands, et un riche aubergiste sur la place. Moi je trouve cela mauvais : ces gens-là s'enrichissent aux dépens des autres, qui jettent leur argent par la fenêtre. Les artisans, eux, fabriquent du solide. Et l'aubergiste ? Il est aussi commissionnaire pour la diligence de Göteborg et propriétaire d'une grande salle de bal. Officiers, bourgeoises et demoiselles s'y réunissent, et il en retire des bénéfices. Si les gens avaient du courage, ils le feraient déguerpir sans tarder. Cette salle-là est immense, Albert, huit fenêtres dans la longueur, si je me souviens bien, et vingt-quatre carreaux par croisée…

– Tu n'aimes pas danser, Sara ? Pas du tout ?

– Quand le travail est fini et que je me retrouve seule dans l'atelier, alors oui, il m'arrive parfois de danser, mais sans violons. »

« Elle est bien de Vestrogothie, celle-là ! » pensa le sergent. Pourtant, à cet instant, elle lui parut si douce, attendrissante même, qu'il ne dit rien. Peu après, il demanda :

« Ta mère est-elle si malade ? Imagine qu'elle soit morte à notre… à ton arrivée ?

– Que Dieu ait pitié d'elle, la pauvre. Elle n'a jamais connu le bonheur. Rien que la détresse, la peine et, pour finir, une maladie interminable. Ce n'est pas très gai, Albert.

– Tu dis des choses terribles. Si elle meurt, qu'arrivera-t-il à ton atelier ?

– Alors, c'en sera fini des droits, et je ne recevrai rien de la commune, ça je le sais. Mais j'ai tout de même pensé à quelque chose.

– Eh bien ?

– Oh, je peux te le raconter », poursuivit-elle, en se glissant plus près d'Albert.

Elle regarda autour d'elle comme si elle craignait les oreilles indiscrètes, mais le pont restait désert. Elle leva sur le sergent un regard à la fois confiant et avisé, tout en s'éventant avec son petit gant qui effleurait parfois le bras d'Albert.

« J'ai trouvé comment une jeune fille dans ma situation, sans parents ni frères et sœurs, peut vivre, et même plutôt bien, dit-elle. J'ai assez de linge et de vêtements pour les années à venir, ils ne s'usent pas beaucoup : on abîme peu quand on est soigneux. Quand mère sera morte, je ne pourrai plus tailler de vitres ni poser de mastic dans les grandes demeures et les maisons nouvellement construites, cela reviendra au maître juré de la corporation. Mais je possède un secret de fabrication que nul ne connaît à Lidköping, car il est de ma propre invention : un mélange parfait de craie et d'huile dans des dimen… non, dans des proportions… On parle de dimensions pour la surface du verre en longueur et en largeur, mais de proportions pour la quantité et le mélange corrects de craie et d'huile… Les deux mots ne s'emploient que dans notre corps de métier, mais ça, Albert, tu ne peux pas le comprendre… Bref, j'ai mis au point un mélange que je suis la seule à connaître, et le mastic ainsi obtenu est si résistant qu'il ne peut pas être dissous, même par les plus fortes pluies d'automne. Je vais le fabriquer et le vendre à tous les maîtres de corporation. Ils viendront en acheter, ceux de Lidköping, mais aussi de Vänersborg et même ceux de Mariestad, il suffit qu'ils soient au courant. Ce qui est chose faite, car j'ai chargé mes apprentis d'en parler partout où ils se rendent. Je le vendrai chez moi.

– Mais, n'étant pas mariée, tu es sans défense, et…

– C'est ce qu'on verra ! Si j'avais, comme ma pauvre mère, un affreux ivrogne pour époux, je serais sans défense et bien à plaindre. Mais non, pardi, je me tirerai d'affaire toute seule. Et la maison avec ses dépendances, près de la rivière Lidan, est à nous. Elle est assez petite, comme celles que l'on trouve à Strängby… Sträng… comment c'est déjà ?…

– Strängnäs.

– C'est ça. Et quand mère ne sera plus là, la maison me reviendra. Pauvre mère ! Mais elle devrait bien vivre encore quelques années ! En tout cas, le maire m'a dit qu'à sa mort, même non-mariée, grâce à la maison et au terrain, je n'aurai pas besoin de tutelle. La maison ne rapporte pas grand-chose, mais je pourrai louer quelques pièces à l'étage, et je vivrai au rez-de-chaussée. Comme j'aime me divertir et voir des gens, pour ne pas rester seule toute la journée je compte ouvrir une échoppe – une petite échoppe, de celles que les femmes ont le droit de tenir et qui pour l'instant ne relèvent pas des corporations. J'y vendrai de jolis coffrets en verre, avec un fond en papier coloré ; j'en fabrique déjà depuis des années et les paysannes en raffolent. Je vendrai aussi des lampes et des lanternes. Et puis j'ai appris à poser du tain sur du verre, et je fabriquerai des petits miroirs pour les gens qui vivent à la campagne. Peut-être vendrai-je aussi de l'artisanat à la commission : cotonnades, toiles, mouchoirs et foulards. Tout sauf la soie, qui est réglementée par une corporation. Et comme je serai aimable avec les clients, cela marchera, je n'en doute pas ! Je resterai derrière le comptoir de dix heures du matin à cinq heures du soir, pas la peine de rester plus longtemps. Et dans la matinée, avant l'ouverture, je confectionnerai mes petites boîtes et mes verreries. Le soir, je mélangerai le mastic destiné aux maîtres de corporation. Quand les affaires vont, tout va ! »

Le visage de Sara – ses yeux, ses pommettes, ses lèvres – rayonnait.

« Resteras-tu ainsi entre quatre murs toute l'année, sans jamais sortir, ni respirer le bon air de la campagne ? s'enquit le sergent.

– À l'aube, j'irai me promener à Truverö. En été, c'est ce que je fais tous les matins, du moins quand il fait beau.

– Truve… qu'est-ce que c'est ?

– Truverö. C'est le beau domaine des Richert* sur la route de Lidköping, en direction de Mariestad. Si seulement le chemin qui y mène n'était pas si affreusement sablonneux… Mais je m'en moque, je ne l'emprunte pas si souvent, car la plupart du temps, je préfère rester à la maison. J'ai fait pousser sur les rebords de mes fenêtres de la sauge, des roses et d'autres plantes. Je vais y ajouter des pots de lavande. Et puis, de ma fenêtre je vois la Lidan, il n'y a pas de plus belle rivière. Et si je regarde dans la bonne direction, celle de Kållandsö, au-delà du pont de la ville, je peux même apercevoir le grand lac, Vänern.

– Et pour tes vieux jours, belle Sara ?

– Si je vis jusqu'à cinquante ans, j'irai vendre mes marchandises sur les marchés. Mais tant que je suis jeune, il vaut mieux que je reste dans ma petite échoppe…

* *Johan Gabriel Richert (1784-1864), homme politique libéral, qui œuvrait, entre autres, pour la restriction de privilèges des corporations, le droit de succession pour les femmes et, pour les femmes non-mariées, la majorité dès l'âge de vingt-cinq ans.*

– On s'approche volontiers du comptoir d'une si jolie commerçante, glissa-t-il.

– Ce n'est pas encore le moment de courir les marchés, poursuivit-elle en se détournant un peu, je risquerais d'avoir des ennuis. Lorsque j'aurai cinquante ans, je pense que ce ne sera plus le cas, et aussi l'échoppe rapportera alors moins… Mais si, d'ici là, je n'ai pas mis de côté une somme qui me permet de vivre convenablement, je tenterai ma chance sur les marchés. On n'a pas besoin de grand-chose pour être heureux, à condition que… »

Elle baissa la tête, le visage assombri.

« Seigneur ! Que veux-tu dire par là ?

– Eh bien. Je veux dire qu'on peut être heureux à condition qu'on ne tombe pas dans les griffes d'un monstre fainéant qui dévore et dilapide tout ce qu'on a économisé avec peine. À quoi cela sert-il de s'efforcer de vivre bien, si lui choisit le mal et gaspille les fruits de votre travail ? Et comment trouver du plaisir à faire ce travail quand le cœur n'y est pas et qu'on vit la peur au ventre…

– Je ne comprends pas.

– Vraiment ? Hm.

– Pour l'amour de Dieu, explique-moi ce que tu entends par là !

– Eh bien, je vais m'expliquer. Un jour, à la veille de la Saint-Michel, je me trouvais dans la rue avec ma mère : c'était l'automne, il ventait et ses cheveux volaient dans tous les sens. Désespérée, elle courait en direction du pont au-dessus de la Lidan. J'avais alors quinze ans et je la suivais en courant. Je craignais que, dans sa détresse, elle ne se jette à l'eau. Mais quand je l'ai rattrapée, elle s'est arrêtée, m'a prise dans ses bras et a regardé alentour. Il n'y avait personne. “Pour toi, je ne le ferai pas ! a-t-elle murmuré. Je continuerai à souffrir, le temps que tu grandisses… Mais je vais au moins me débarrasser de cette maudite chose !” Écumant de rage, elle a arraché son alliance et l'a lancée dans la Lidan. »

Le sergent blêmit, se rappelant l'incident qui avait eu lieu le matin même près du bastingage.

« Il semblerait que ta mère n'ait pas été un modèle de patience dans sa vie conjugale… hasarda-t-il.

– Fi ! Monsieur ! s'écria Sara en le fusillant du regard, oubliant qu'ils se tutoyaient. Albert, reprit-elle d'une voix plus douce, une jument battue vingt fois qui donne un coup de sabot la fois suivante ne le fait pas par manque de patience. C'est la vérité, Dieu m'en est témoin, poursuivit-elle d'une voix à peine audible mais pleine de ferveur. Et dire qu'il y avait quelqu'un qui n'avait de cesse de m'assurer que ma mère irait mieux, qu'elle « s'élèverait », comme on dit, grâce à ces souffrances ! C'était un mensonge, car je sais, moi, que d'année en année son état empirait. Elle, qui était une femme soignée et rangée, devint si négligée, si sale et si vilaine que la voir me faisait pleurer. (En disant cela, Sara pleurait.) Autrefois pieuse, elle finit par ne plus ouvrir son psautier… et ces derniers temps… oh…

– Ressaisis-toi !

– Elle passe ses journées au lit – sais-tu pourquoi ? Parce qu'elle est ivre… Quelle honte pour une femme ! »

Le sergent se leva. Sentant de la sueur perler sous son schako, il l'ôta pour se rafraîchir avec son mouchoir. Il se peut qu'à cet instant le beau projet qu'il nourrissait vînt de s'écrouler. Mais il était jeune et il avait du cœur. Capable d'éprouver de la compassion, il n'était pas non plus un nigaud qui se réfugierait derrière le sempiternel « il est bon de souffrir ». Stupéfait et embarrassé, il fit néanmoins preuve d'une empathie peu fréquente chez les militaires : il reprit sa place auprès de l'amie qui venait de lui ouvrir son cœur et demanda :

« Sara, dis-moi en toute franchise, serais-tu ce qu'on appelle une piétiste* ?

– Piétiste… oh, non ! Sûrement pas. En Vestrogothie, ils sont déjà assez nombreux sans moi.

– Mais il t'arrive bien de lire les Écritures ?

– La Bible ? Oui.

– Alors, tu connais la première grande injonction de Dieu, pardon, ça paraît un peu… soyez féconds, multipliez-vous, remplissez la terre ! Cet ordre ne doit-il pas être respecté ? »

Elle réfléchit un instant :

« Cela signifie que…

– … que l'homme et la femme doivent vivre ensemble.

– Mais cela ne signifie pas, il me semble, qu'un homme doive s'unir avec n'importe quelle femme ; ou qu'une femme doive s'unir avec un homme qui ne

* *En référence au piétisme au sens suédois de l'époque : réveil religieux marqué par un retour au texte de la Bible.*

lui causerait que des malheurs et des peines. Je me rappelle qu'il est écrit que cette union a pour but le bien des êtres humains et non leur dépravation. Qu'il s'agisse de leur âme ou de leur corps. Et comme on se protège du danger, du malheur et de la misère, de même qu'on fuit la mauvaise compagnie, on devrait également éviter… »

À cet instant, un fort craquement se fit entendre du côté de l'étrave et le capitaine accourut, suivi d'un machiniste. Une corde s'était rompue ; la petite voile déployée battait nonchalamment au vent, tapant parci par-là. On se trouvait à présent au beau milieu d'un des plus grands cours d'eau du Mälar, appelé le Granfjärden, sur lequel le courant s'accélère à sa rencontre avec le Blacken. Le roulis s'intensifia, les voyageurs s'animèrent : tels des hommes des cavernes sortis de leur antre, le salon, des individus jusqu'ici invisibles envahirent le pont. Au bout de quelques minutes, la voile fut remise en place et ajustée au gré du vent. Le calme revint, bien que le vent soufflât toujours. Mais les bateaux qui fonctionnent grâce à la puissance d'une chaudière ne se soucient guère du vent et des courants : ils tracent leur route vent debout ou vent arrière, ou – comme à présent – vent de travers. Le Granfjärden cache plusieurs endroits dangereux, rochers et récifs, qui ont causé de nombreux naufrages du temps où l'on naviguait à la voile et était obligés de tirer des bords. Le plus adroit des seconds avait beau connaître les balises et les rochers, il ne pouvait pas toujours les éviter. Outre le gouvernail, il n'avait à sa disposition que les grandes voiles, lourdes et encombrantes, gonflées par le vent. Il avait beau louvoyer et positionner ses voiles, elles penchaient souvent du côté opposé à celui qu'il souhaitait : la tâche était au-dessus des forces d'un homme. Désormais, grâce à la vapeur, on navigue en allant droit au but, et les voiles servent uniquement à prendre davantage de vitesse, si le vent le permet. Le second doit toujours être capable de s'orienter, cela va sans dire : connaissant les dangers, il peut facilement les contourner, pour peu qu'il ne soit pas un nigaud. L'unique risque de la navigation à vapeur vient du feu, mais une chaudière bien faite permet de le limiter.

Le bateau avançait rapidement désormais ; cependant, l'agitation survenue sur le pont avait mis fin à la conversation entre le sergent et Sara quant au problème fondamental du genre humain. Car, poussé par son tempérament intrépide, le sergent s'était précipité pour empoigner la voile, ce qui avait rendu service au capitaine. En conséquence de quoi les deux hommes descendirent dans la cabine de ce dernier pour trinquer à leur amitié nouvelle.

Notre histoire passe sous silence le déroulement du dîner à bord du bateau, car un passager du pont ne peut pas se l'imaginer. Il peut seulement conjecturer – d'après la position du soleil et les allées et venues répétées des serveuses avec des tasses remplies de café – que le repas devait toucher à sa fin et que les occupants du salon avaient réglé cette affaire entre eux. Lorsque les passagers troglodytes, plus gais qu'à leur habitude, ou du moins les traits moins tirés, refirent surface, les gens du peuple comprirent que « ces messieurs » avaient soupé. Il est vrai aussi, comme nous l'avons déjà dit, que certains voyageurs du pont, plus hardis, pouvaient bénéficier d'un morceau « à la va-vite » dans la salle à manger. Mais il n'en allait pas de même pour les femmes. Nous nous sommes posé la question plus d'une fois : comment font-elles pour survivre ? Apporter un en-cas ou manger seule est considéré comme peu convenable. Les mets préparés à la cuisine n'étaient pas pour elles, puisqu'elles ne disposaient que d'un billet pour le pont. Certes, même parmi ces femmes il pouvait se trouver une âme assez téméraire pour descendre dans l'antre des troglodytes et se procurer une part, puis remonter sur le pont et la consommer à l'air frais. Mais ce n'était pas bien vu. C'est pourquoi tout le monde se réjouissait à l'heure du café, car même si celui-ci n'était pas vraiment de la nourriture, il représentait un apport appréciable entre quatre et cinq heures. Il remontait du « sanctuaire », apporté par les serveuses, qui, hormis les plus désagréables, se laissaient amadouer, de sorte que même un passager du pont pouvait obtenir une tasse. Sara profita de l'occasion pour en avoir une ; elle avait l'air si soigné et élégant que, sans son fichu, les porteuses de café l'auraient volontiers prise pour une « demoiselle ». À vrai dire, on avait du mal à comprendre pourquoi cette passagère, avec sa bourse bien garnie que l'on avait eu l'occasion d'apercevoir à plusieurs reprises, n'avait pas acheté de billet pour le salon pour se joindre aux troglodytes. Cela s'expliquait sans doute par son goût pour le grand air et son dégoût pour les mauvaises odeurs ou pour les « sanctuaires », quels qu'ils soient.

Pendant qu'elle buvait son café et songeait à en commander un autre, elle se remémorait avec plaisir et gratitude l'initiative du sergent Albert de la conduire dans la jolie petite ville (dont le nom lui avait encore échappé) aux maisonnettes rouges, où elle avait pu savourer un bon repas en toute tranquillité. Certes, il s'agissait d'un déjeuner – qu'elle considérait plutôt comme un repas de midi –, mais qu'importe : en savourant son café, elle se sentait rassasiée, libre et heureuse. Quant au sergent qui, comme nous l'avons déjà fait remarquer, était doté d'un appétit fort solide et qui, afin de mieux surmonter les contrariétés auxquelles il devait faire face, avait sollicité les services du comptoir plusieurs fois depuis le matin, il y était retourné une nouvelle fois. Sa familiarité fraîchement acquise avec le capitaine lui permettait désormais de monter et descendre sans crainte quand bon lui semblait ; et il fallait regarder son billet pour savoir qu'en réalité il n'appartenait pas à la classe supérieure mais au peuple. Difficile de dire avec précision ce qu'il mangeait, comment, où et quand ; on pouvait seulement supposer qu'il avait dîné. Il était jeune et avait les mêmes besoins que des personnes robustes, telles que le bon Dieu les a créées, mais il n'était ni gourmand, ni ivrogne, ni goinfre. Bref, il n'était pas un troglodyte. Aussi ne semblait-il pas se plaire dans les « sanctuaires » : il en sortait dès que possible et devait être particulièrement friand de l'air frais qui soufflait près de l'étrave, car c'est là qu'il s'y tenait le plus souvent. Il venait d'ailleurs de rallumer son cigare.

*

Sur le pont avant, Sara Videbeck veillait sur ses affaires, rangées dans des sacs de voyage. L'un d'entre eux semblait requérir une surveillance toute particulière. Elle regarda alentour, pour s'assurer qu'il n'y avait personne à proximité, puis tapota doucement le bras du fumeur :

« Albert, peux-tu me rendre un petit service ? Ce sac-là, celui avec les initiales "S.V." en laiton – fais attention à ce que personne ne s'assoie dessus ! Au début du voyage, je l'ai placé sous la voile, mais pendant le remue-ménage qui a suivi, des choses ont bougé. Maintenant, la voile est levée et ne protège plus le sac. »

Albert enleva le cigare et la dévisagea :

« Ton sac est-il si fragile que même une personne aussi mince que toi ne puisse pas s'asseoir dessus ? Ce serait le meilleur moyen d'en prendre soin.

– Non, surtout pas ! Ni moi, ni toi, et encore moins quelqu'un d'autre.

– Est-il plein de diamants ?

– Si seulement !

– Quoi alors ? Oh, pardon, ça ne me regarde pas. Ne crains rien, je veillerai sur ton sac. »

Sara lui lança un regard reconnaissant, comme si le sac renfermait son propre cœur, et s'éloigna pour s'occuper de quelque affaire concernant divers coffrets qu'elle avait mis de côté sur le pont.

« Que peut bien contenir le sac de cette fille ? » se demanda Albert en contemplant les lettres S.V. dorées et étincelantes avant d'aspirer une longue bouffée de son cigare. « Ma foi, voilà tout de même une donzelle riche, ça ne se refuse pas. Enfin, peu importe : de l'argent, j'en ai de… (Il murmura un nom de famille inaudible.) Plus ma commission d'intendant pour les propriétés de Vadsbo. Mais ces lettres sont vraiment bien faites ; il doit y avoir des dinandiers habiles à Lidköping. Et si je l'accompagnais jusque là-bas ? Cela m'obligerait à quitter la grande route à Mariestad et passer par les routes de campagne. On verra, on est encore loin. »

« Ohé, la serveuse avec le plateau ! Remontez-moi un autre cigare, je ne peux pas bouger d'ici. » Fichtre, elle ne m'a pas entendu ! Comment faire ? Si je continue à fumer celui-ci, il deviendra chaud et la fumée me piquera le nez. Bon sang ! Le sac est assez long, mais pas bien grand, ni très large. Il contient certainement des coffrets en verre, puisque personne ne peut s'asseoir dessus… Mais qui aurait l'idée de le faire ? Les gens du peuple ne s'assoient que sur les cordages, la pompe et les canons, je l'ai vu. Ils savent se tenir, et ils font attention aux affaires des autres : les Dalécarliennes, par exemple, ne s'assoient que sur elles-mêmes, *hic est*, sur leurs jambes repliées sous elles. Quel malotru s'aviserait de faire autrement ? Sara n'avait pas de raison de s'inquiéter… Sauf si… Mais c'est à toi qu'elle a dû penser, Albert, toi et personne d'autre, quand elle t'a gentiment demandé de faire attention à ce sac... Nom d'un chien, ce goût est infect ! (Il lança le mégot dans le lac.) C'est insupportable !

Au plus fort de ce drame, Sara vint vers lui et – devinez ! – plaça dans sa main un autre cigare.

« Je n'ai pas de feu, et je ne voulais pas que celle qui me l'a vendu en bas l'allume pour toi. Parce que... De toute façon, elle ne sait pas fumer. Mais où vas-tu trouver du feu ?

– Tiens, voici le capitaine qui déambule, un exquis trabucos à la bouche. Mon ami, excusez-moi, venez ici ! Approchez-vous de quelques pas pour me permettre d'allumer mon cigare ; cette charmante demoiselle m'a assigné à un poste qu'en bon militaire je ne peux déserter.

– Tout de suite, j'arrive », fit le capitaine.

Sara, qui observait la scène, ne put s'empêcher de rire lorsque les deux hommes rapprochèrent avec précaution leurs cigares, leurs yeux louchant sur l'extrémité qu'ils s'appliquaient à allumer. Ils y parvinrent et l'affable capitaine poursuivit son chemin. La mine béate, le sergent tira sur son cigare avec avidité (il est bien connu que la première bouffée est toujours la meilleure), puis il expira tout doucement. Mais, absorbé par ses pensées, il envoya la fumée sur Sara, en pleine figure.

« Oh là ! » s'écria-t-elle, puis retourna promptement à l'autre extrémité du pont, où se trouvaient ses précieux coffrets.

À nouveau seul à côté de son sac de voyage – plus exactement, celui de Sara –, Albert contemplait le coucher de soleil. Le bateau était arrivé près d'Arboga, à l'extrémité du Mälar, à la hauteur des deux bras jumeaux qu'on appelle la Truie et le Verrat. Albert observait donc le soleil, sans pour autant oublier le sac. Il fumait plus lentement, car il se disait que si d'aventure il arrivait au bout de ce cigare, il ne lui serait pas aisé d'en obtenir un autre. « Pour sûr, c'est du verre qu'elle a dans le sac. Je préfère que le verre emplisse son sac plutôt que sa poitrine ou son cœur, comme je l'ai pourtant cru un moment. Quelle mauvaise pensée j'avais eue là – pfff ! –, je ne devrais pas souffler trop de fumée à la fois – pfff ! Mais à supposer que son âme soit malgré tout en verre, ne serait-ce qu'en partie, n'aurais-je pas un diamant, moi aussi ? Non pour entailler profondément un aussi beau cristal, je n'oserais jamais une chose pareille, juste pour graver un A sur l'émail de sa mémoire. Pourquoi pas ? Serait-ce trop demander ? Non… Elle est belle avec son air grave, elle l'est encore plus quand elle sourit, mais c'est en parlant de sa mère qu'elle était la plus belle. Quelle idée étrange. Habituellement on est laid lorsqu'on pleure, mais ce n'était pas son cas, ses yeux n'avaient pas rougi, ils étaient restés clairs comme… mais il est vrai, ses larmes n'ont pas coulé longtemps.

« La barre dessous ! La barre dessous ! Ne vois-tu pas la balise, imbécile ! hurla le capitaine à l'adresse de son second, puis ajouta avec bonhomie : Voilà la nuit qui tombe ; mieux vaut que je le libère de son poste et que je reprenne moi-même les commandes : l'embouchure de la rivière Arboga est un endroit périlleux. – Hé oh, la barre dessous ! Dessous ! Stoppe la machine ! Parbleu ! Descends ! Je prends ta place. Surveille la bonnette ! »

« Stoppez la machine ! Stop ! » entendit-on en écho. Le navire ralentit, et l'habile capitaine, qui à présent était aux commandes, eut le temps de rectifier la course, ce qui permit de virer à la balise.

Les eaux du Mälar, à son extrémité occidentale, à la hauteur des paroisses de Kungsbarkarö et de Björksta, comptent de nombreux fonds plats, écueils et hauts-fonds, qui compliquent la navigation. Ces petites langues de terre à l'embouchure de l'Arboga ne font qu'un avec les prés marécageux de Kungsör encore plus à l'ouest. Ils forment un tapis de verdure à moitié inondé. Le soir, on distingue mal la limite entre cette végétation et l'eau du lac. Alors, les navigateurs prennent pour repère le toit du château de Kungsör, proche de l'estuaire. Cette fois encore, tout se passa bien pour l'*Yngve Frey*, et le navire venait d'entrer dans la rivière quand on entendit une voix grave et atone en provenance de la timonerie :

« Quelle distance reste-il jusqu'à la ville ?

– Six brasses, répliqua avec empressement une seconde voix, obséquieuse et servile. On aurait dit une voix de femme, avec un timbre de soprano, sauf qu'en réalité il s'agissait d'un homme.

– Bien ! reprit la basse, dont le propriétaire consulta sa montre. Il est sept heures. Nous devrions arriver vers huit heures, avant neuf heures à coup sûr. On peut espérer trouver une bonne auberge. »

Une conversation s'engagea entre les deux *pater familias* :

« Si Monsieur le baron m'y enjoint, déclara le soprano (baron lui aussi), ce serait mieux, vraiment mieux, de profiter d'être ici près de Kungsör pour envoyer à terre un messager qui nous réserverait des chambres en ville, car à cette saison il risque d'y avoir du monde.

– Est-ce possible ? demanda au capitaine la basse, indolente et hautaine.

– Absolument, sans aucun doute, glissa le soprano avant même que le capitaine, toujours à la barre, ait le temps de confirmer :

– C'est possible, mais ce ne sera pas sans difficultés.

– Comment cela ? demanda la basse, fatiguée de tant de palabres.

– Mais, rien de plus facile ! » insista le soprano toujours aussi empressé.

Le vaillant homme aux commandes avait l'air dubitatif.

« Eh bien, fit-il, si ces messieurs insistent, on peut encore envoyer une chaloupe vers le rivage pour demander à l'auberge là-haut de dépêcher un cavalier en ville. J'ai cependant bon espoir que nous y soyons aussi vite que lui !

– Oui, bien sûr, bien sûr, jacassa le soprano, grâce à l'action de notre habile capitaine, nous atteindrons vite le rivage, mais ensuite que de temps perdu lors du débarquement ! C'est toujours préférable, n'est-ce pas Monsieur le baron, d'envoyer un messager qui réservera toutes les chambres ?

– Faites ! » répondit la basse, flegmatique, le menton enfoncé dans le col de sa redingote.

Le soprano bondit tel un chien de chasse, mais n'alla pas plus loin que jusqu'au capitaine qui se trouvait à quelques pas seulement, dans la timonerie.

« Faites, mon cher monsieur, commandez, organisez ! »

Bien qu'agacé par ces vétilles, le capitaine, qui était bonne pâte, ne voulut pas contrarier les barons et lança à l'un de ses hommes :

« Prépare la yole pour rejoindre la terre ! Tu nous rattraperas ensuite à la rame.

– Le baron paiera, ça va de soi bien sûr, chuchota le soprano au capitaine, faisant un geste en direction de la basse emmitouflée dans son col.

– Ce serait mérité », remarqua tranquillement, en se grattant le menton, le capitaine, avant de reprendre l'observation des rivages entre lesquels il menait le navire.

À tribord, la vue était dégagée et agréable. Dans l'immensité nord et nord-ouest, les prairies recouvertes de millions de meules de foin ressemblaient aux petits nœuds qu'on voit au dos d'une gigantesque tapisserie verte.

« Hörstadius* s'est-il donc approprié tout cela ? Car, ma foi, c'est un homme d'Église ! fit le capitaine

* *Johan Erik Hörstadius (1782-1859), ancien pasteur, connu pour avoir fait fortune, notamment grâce au commerce de foin.*

en hochant la tête. Voilà quelqu'un qui mourra très riche… ou très pauvre – un homme d'Église qui fait ses sermons avec du foin. Il pourrait dire en paraphrasant les Écritures que toute herbe est comme chair, car c'est grâce à ces prés, cultivés avec soin, que la sienne prospère. Le ministère des Finances, ou celui de la Guerre je ne sais plus, a été bienveillant à son égard. Mais je me demande s'il n'est pas en train de mettre la main sur des terres un peu partout, pas seulement ici autour de Kungsör, mais aussi en Sörmland, oui, dans tout le royaume. Ne s'est-il pas emparé d'un fermage upplandais à Sollentuna ? Quel bêta ! Passer sa vie à trimballer sa carcasse dans une carriole à foin, afin de tout surveiller. Une corvée pareille : avoir des propriétés dans chaque coin du pays ! Et malmener son corps éreinté par sa propre pingrerie, se contentant de boire de l'eau ! Tout cela parce que ce satané Hörstadius est originaire de Vestrogothie, c'est une race à part. Toutefois, il faut reconnaître qu'il est juste et bon envers ses milliers de fermiers, depuis le valet jusqu'au contremaître. Tout compte fait, il ne tourmente que lui-même. – Amenez la voile ! Sortez le pavillon ! Conduire un vapeur offre tout de même un sort plus enviable. Viens ici ! Viens ici et prends la barre ! Je descends. L'entrée dans la rivière a été négociée et le reste, jusqu'à Arboga, est facile. »

Le second s'exécuta et le capitaine lui remit les commandes, avant de traverser le pont pour rejoindre le lieu où le grog, déjà prêt, exhalait ses arômes. Ainsi que le punch.

Le soir était tombé. À l'ouest, la divinité solaire s'était déjà couchée dans les prés accueillants de Kungsör, mais une lueur pourpre éclairait encore le ciel, le dernier vêtement dont la belle s'était défaite avant de gagner sa couche verte. D'innombrables rayons rouges et violets zébraient l'étendue d'eau, projetant des reflets sur le pont du bateau.

Une main effleura doucement l'épaule d'Albert. Il s'arracha à la contemplation des lueurs qui moiraient la surface aquatique. C'était Sara.

« Vas-y, chuchota-t-elle, va boire un verre de punch en bas. Je surveillerai les affaires, les tiennes et les miennes, jusqu'au débarquement. Mais lorsqu'on aura accosté, dépêche-toi de trouver un porteur en ville avant que les autres passagers ne se les approprient. »

À cet instant, ils se trouvaient seuls à l'avant, et Sara n'avait pas besoin de chuchoter. Mais Albert fut enchanté par tant d'intimité, et le joli visage de Sara était si proche que, à sa propre surprise, il l'embrassa. Puis il partit, comme elle l'en avait enjoint.

Sara Videbeck entreprit de ranger ses affaires, comme si rien ne s'était produit. Elle rassembla ses sacs, ses coffrets et sa mante. Elle y ajouta les bagages du sergent, qui ne prenaient pas beaucoup de place : havresac, malle et pardessus. Comment fit-elle pour les identifier ? C'est qu'au cours de la journée, elle avait été suffisamment observatrice pour remarquer les objets que le sergent, lors de ses allées et venues sur le pont, avait regardés avec attention, soulevés, déplacés, réarrangés. Un homme bien élevé ne manierait jamais de la sorte les affaires d'autrui.

Albert descendit et but son verre de punch.

« Mam'zelle, soyez gentille, donnez-moi encore deux verres. Posez-les sur ce plateau. Je le porterai moi-même, sans déranger personne. »

Amadouée par le ton affable du passager qui s'était auparavant montré si exigeant, la serveuse s'exécuta promptement. Albert prit le plateau avec la dextérité d'un sommelier, monta les escaliers et se dirigea vers l'avant pour offrir un verre à sa compagne de voyage.

« C'est du *carolina** ? demanda-t-elle. Je ne bois pas de punch.

– Fais-moi plaisir, bois un verre, la nuit sera fraîche. C'est du bon punch.

– En effet, constata-t-elle après avoir vidé son verre, c'est même meilleur que le *carolina*.

– J'ai toujours été de cet avis », répliqua-t-il en vidant l'autre.

Un coup de canon salua la ville d'Arboga, et le vapeur accosta, comme à son habitude, sur la berge droite, en contrebas de la ferme de Lundborg.

Le sergent, empressé et d'excellente humeur, fut le premier à sauter à terre. Un rapide coup d'œil sur les alentours et quelques mots échangés avec deux natifs d'Arboga désœuvrés aboutirent vite à un accord. Les hommes, munis d'une civière trouvée dans les parages, le suivirent jusqu'au rivage. Mais une fois remonté à bord, Albert ne trouva point dans la lumière crépusculaire celle qu'il cherchait. Étonné, il repartit en quête de la délicate tête – en vain. Il finit par la

* *Boisson composée de vin, de sucre et de jus d'orange ou de citron.*

repérer sur le pont : Sara Videbeck, à nouveau coiffée d'un chapeau ! Les porteurs à la civière attendaient les ordres, mais le sergent ne pouvait s'empêcher de s'attarder pour admirer, de loin, son amie métamorphosée. Dans la matinée, il l'avait déjà vue ainsi, pendant quelques instants, mais sans y prêter une attention particulière. « Est-ce vraiment elle ? » s'interrogea-t-il. Il ne voulait pas commettre une nouvelle fois la même erreur en la prenant pour une « demoiselle », mais le chapeau en toile de Cambrai blanche coiffait si gracieusement sa jolie tête… Quelques anglaises pendant le long des tempes encadraient agréablement son visage. Albert indiqua la direction aux porteurs. Sara intervint, en insistant sur le deuxième mot :

« Voici *nos* affaires. Prenez garde à ce qu'elles ne glissent pas de la civière.

– Pas de danger, ma belle dame ! lui assura l'un des porteurs.

– Repère ce à quoi Madame tient le plus », avisa son compagnon, on placera cela tout en haut.

Albert sourit intérieurement, mais Sara conserva son air grave et préoccupé.

« Où désirent aller ces messieurs-dames ? demanda le porteur de tête, lorsqu'ils rejoignirent la terre ferme.

– À l'auberge.

– Ha, vous n'êtes donc pas d'ici ? Alors Monsieur devrait se hâter pour tâcher d'obtenir une chambre, il y a beaucoup de voyageurs.

– Pars en avant, Albert, vite. Je resterai auprès nos affaires. On se retrouvera à l'auberge. »

Le sergent s'exécuta. Après une longue marche à travers les rues d'Arboga, il finit par arriver à l'auberge.

« C'est complet, il n'y a plus rien de libre, déclara le propriétaire.

– Mais je viens du bateau, et j'ai besoin d'une chambre.

– Monsieur arriverait-il du soleil ou même de l'enfer, que ça ne changerait rien. Le baron *, le baron ** et le baron *** ont tout réservé pour eux et leurs familles. Et je dois avouer à Monsieur que, certes, il peut toujours essayer, mais je doute fort que… C'est qu'il y a la foire de ****, qui attire du monde.

– Eh bien, je me contenterai d'une seule chambre (je pourrai bien dormir dans un grenier à foin, se dit-il). Mais elle doit être propre et bien aménagée. Peu importe sa taille. Je mettrai le prix, rassurez-vous.

– Annette, fit l'aubergiste s'adressant à une personne qui se trouvait dans une pièce voisine, demande à la patronne s'il nous reste une chambre simple. La faute est à ces barons qui nous ont tout pris. D'habitude nous avons assez de chambres, mais comme il s'agit de la noblesse du coin…

– Non, répondit Annette, il n'y a plus rien de libre.

– Mais bon sang, il me faut une chambre, s'écria le sergent avec détermination en se dirigeant vers la pièce voisine. J'ai juste besoin d'un lit. Je ne peux pas croire qu'il n'y en ait pas une dans une auberge aussi spacieuse, aussi accueillante. Je suis déjà venu à Arboga et je sais qu'il y a, au bout du couloir, des milliers de chambres !

– Ah, cher monsieur, répondit la patronne, une petite femme coiffée d'un bonnet, qui les rejoignit en se dandinant. Annette, va voir si ma chambre peut être remise en ordre. Puisqu'il le faut, je veux bien sacrifier mon propre repos. »

Annette s'éloigna, suivie du sergent. Elle lui montra une pièce spacieuse et confortable qu'il accepta. À son retour, il vit arriver Sara, accompagnée des porteurs. Il montra le passage en haut de l'escalier qui menait au long couloir aux parois recouvertes de planches, qui le faisait ressembler à un grenier ou à des combles. Sara, à qui la marche avait rendu sa bonne humeur et son teint éclatant, s'assombrit cependant en entendant l'invitation, pourtant bien intentionnée, du porteur :

« Passez devant, Madame ! »

Mais elle retrouva aussitôt sa gaîté coutumière en entrant dans la pièce qui leur avait été attribuée, à la suite d'Albert et d'Annette. Elle la jugea formidable. Réjouie, elle ordonna qu'on place ses affaires le long d'un mur. Les porteurs furent payés et congédiés. Annette les avertit qu'un cabinet particulier venait de se libérer en bas, et nos voyageurs descendirent pour y prendre un frugal souper, dont Sara Videbeck en particulier avait bien besoin.

Une demi-heure plus tard, ils le quittèrent et montèrent l'escalier menant à l'étage. Annette passa devant et ouvrit la porte du logis.

« En espérant que cela plaise à ces messieurs-dames, dit Annette. En raison de l'affluence, nous n'avons rien de mieux. Je reviens tout de suite avec de la lumière. »

Elle sortit en les laissant seuls.

Le grand lit, large et confortable, ne démentait pas les dires de la brave Annette. Albert voulut couper court à toute équivoque :

« Ma chère Sara, je dormirai en bas, soit dans une voiture, soit dans un fenil. Que dans leur bêtise ces pauvres gens te gratifient de “Madame” m’ennuie autant que toi – mais il n’y avait rien à faire : la tribu de barons a réquisitionné toutes les chambres, je n’ai pu en obtenir qu’une seule, et cela n’a pas été facile. J’espère que tu y seras à l’aise et que tu pourras dormir en toute tranquillité. »

Pendant qu’il parlait, Sara avait retiré son chapeau et l’avait posé sur une chaise. Elle s’approcha de son compagnon de voyage :

« Fais comme tu l’entends et installe-toi là où tu le souhaites, Albert. Je me doutais que tu ne serais pas satisfait de ne disposer que de cette chambre, aussi belle et accueillante soit-elle, faute d’une autre pièce disponible. Mais si, comme moi, tu avais vu le jour et été élevé dans la seule et même pièce, où tu aurais passé tout ton temps, qui servirait d’atelier le jour et de dortoir la nuit (par nécessité, nous devions louer les pièces à l’étage de notre maison), tu ne ferais pas grand cas de ces futilités. Tu as beau te différencier de la majorité des gens à bien des égards, je vois que tu as malgré tout, par ton éducation, un tas de principes ridicules. Alors, fais comme bon te semble, mais crois-moi, si, au lieu de passer la nuit dehors dans une voiture, tu décides de rester ici, cela me serait égal. Et j'aimerais que cela te soit égal à toi aussi. Dans ce cas, cela n'aurait vraiment pas d'importance. »

« Si tu restes ici, cela me sera égal », ces propos résonnèrent dans la tête du sergent. Il en fut si blessé dans son amour-propre, si cruellement humilié qu'il resta sans voix.

« Albert, poursuivit-elle en lui prenant la main, ne te méprends pas sur moi et ne te pose pas de questions. Sache que du vivant de mon père – il ne venait que rarement, mais parfois il venait quand même et alors la maison vibrait de cris, de jurons et de bagarres, qu'on entendait même de dehors, jusqu'au petit matin –, à l'exception de ces occasions-là, je peux t'assurer que nos nuits étaient toujours très calmes. Dans l'atelier où nous dormions, on n'entendait pas le moindre tintement de verre. J'y suis habituée. Mais si toi, tu attaches de l'importance à ce genre de vétilles, je n'y peux rien. Alors, ne reste pas ici, mon ami, va ailleurs. »

Le sergent sourit malgré lui.

« D'accord, fit-il en lâchant la main de Sara, je vais descendre, ne serait-ce que pour réserver des chevaux pour demain.

– Oui, bien sûr, fais-le ! reprit-elle avec vivacité. Demain matin, il sera trop tard, nous devons être prêts de bonne heure. Passe la nuit où tu le souhaites, mais emporte la clé de la chambre en partant, afin que personne n'entre ici par mégarde. Et en bas dis à la servante que ce n'est pas la peine de monter de la lumière. Je vais me coucher. »

En s'en allant, Albert se retourna sur le seuil : Sara se tenait au milieu de la pièce, lui adressant un signe d'adieu :

« Bonne nuit, Albert, on se verra demain ! »

Il la salua en s'inclinant, referma la porte et garda la clé. « Incompréhensible, murmura-t-il. Bonne nuit ! On ne se reverra donc que demain – cela signifie-t-il qu'il m'est interdit de revenir ce soir ? Pourtant, elle semblait plutôt envisager le contraire au début ? Bon, je descends. »

Il réserva des chevaux, informa Annette que la lumière n'était pas nécessaire, mais demanda que le café soit monté le lendemain à six heures précises. Cela fait, il déambula dans la cour à la recherche d'une voiture pour y passer la nuit. Il n'en trouva point. Par une fente dans le mur du hangar, il découvrit la présence de quelques berlines, mais elles étaient cadenassées. Il arriva au bout de la cour. La nuit s'annonçait pluvieuse. Il trouva l'écurie et frappa à la porte. Un palefrenier éméché cria de l'intérieur : « Va au diable ! »

« Un coquin prévoyant, cet hôtelier qui ferme si tôt tous ses hangars, portails et greniers à foin. Bien fait pour toi, sergent, tu seras bien au calme, pas âme qui vive ! Je remonte quelques instants, juste pour voir si Sara me laisse entrer, puis je reviens ici pour secouer ce malotru de palefrenier ! »

Ce plan avait été dicté par sa curiosité, mais avant de le mettre à exécution, notre héros fit quelques tours dans la cour mal pavée, trébuchant à plusieurs reprises et poursuivant son monologue : « Certes, elle m'a dit “bonne nuit”, mais sa voix trahissait une vibration suave, comme montant du fond de son cœur. Cela peut s’expliquer de diverses manières et ne signifie pas nécessairement une parfaite indifférence ni un “bonne nuit” ferme et définitif. C’est peut-être même le contraire. J’ai bien envie de la mettre à l’épreuve, de la tourmenter, en restant ici. “On se verra demain !” – donc, pas ce soir ? Alors que peu de temps auparavant elle semblait me laisser la liberté de décider. Je veux la mettre à l’épreuve. J’y vais et je reste une minute, pas plus d’une minute. »

Lentement, il gravit les escaliers, longea le couloir, fit tourner avec précaution la clé dans la serrure et entra. Un silence régnait dans la pièce. Le sergent fit quelques pas dans la pénombre. Voici les vêtements de Sara, bien pliés sur une chaise. Et elle-même ? Il tendit le cou : le visage tourné vers le mur, elle dormait.

Albert en fut tout d’abord ravi : quoique ni poète ni, encore moins, esprit mystique, mais simple sous-officier, il était transporté par cette liberté, si grande et si simple, par cette innocence authentique et pure. Sans savoir s’il allait revenir – ce qu’il avait fait finalement –, elle s’était couchée, simplement, en toute tranquillité, pour s’endormir aussitôt, sans appréhension, sans craintes et sans façons.

La pensée qui vint ensuite à l’esprit d’Albert fut cependant moins agréable. Il se dit que c’était dû à son indifférence, froide et inébranlable, qu’il lui était vraiment « égal » qu’il parte ou qu’il reste. Que pour elle, la chose n’avait pas la moindre importance. Pas plus qu'une chaise, une table, une porte, un n'importe quoi.

Quelle humiliation ! Quel affront ! Même la plus belle des femmes ne s'opposerait pas à la présence d'une chaise lors de sa toilette – un piètre honneur que de bénéficier de la même faveur…

Albert retira ses bottes et fit quelques pas, en silence, plongé dans ses pensées. Puis, il ôta sa tunique, et comme il venait justement de penser aux chaises, il en trouva une, dotée d'accoudoirs et d'un imposant dossier, un meuble antique, de ceux que depuis le XVIIe siècle on trouve dans les vieux châteaux, ou bien dans les petites villes de province, où elles échouent au gré des hasards qui portent le nom de « ventes aux enchères ».

Doucement, il poussa le fauteuil vers la fenêtre, s'y installa, regarda dehors, contempla la voûte céleste et décida de dormir. Mais il n'arrivait même pas à bâiller. Son siège était confortable, mais il ressentait des pincements au cœur ; la pièce où il se trouvait lui semblait exhaler une horreur sombre et glaciale. Il jeta un regard en direction du lit. Une blancheur en émanait, sans doute due au linge propre et fraîchement amidonné de l'établissement. Néanmoins, ce lit lui fit l'impression de quelque chose de mort et de dénué de sens.

Il resta un moment les yeux fermés, il fallait bien faire passer le temps. Pourtant, des images défilaient derrière ses paupières closes. Que voyait-il ? Le cortège des événements de la journée écoulée, fussent-ils des plus insignifiants, dans lesquels l'image de Sara, si gaie, si gentille, revenait sans cesse. D'abord, le moment où ils étaient passés au tutoiement, à Strängnäs, puis celui où elle lui avait apporté un cigare, et ainsi de suite. Pouvait-on imaginer, se demandait-il, qu'après tout cela elle puisse me haïr ?

« Imbécile ! » s'écria-t-il à mi-voix en fixant le plafond. Me détester ? Bien sûr que non. Peut-on détester une chaise ? Une table ? Un meuble ? Peut-on détester une illusion ? Peut-on détester un rien ? Peut-on me détester, moi qui ne suis rien ?

Il tendit l'oreille pour tenter de percevoir si la dormeuse ne s'agitait pas dans son sommeil. Mais non. « Sara Videbeck doit être de ceux qui ne rêvent pas en dormant, soupira-t-il avant de refermer ses paupières. Décidément, son cœur doit être de verre, dur, froid. Brillant, mais insensible. N'ayant besoin ni de haïr ni d'aimer. Mais qu'est-elle donc ? Un être dépourvu de sentiments, pour qui je ne vaux pas plus qu'une chaise, comme elle me l'a fait savoir franchement. Vertueuse ? Peut-on dire d'une chaise qu'elle est vertueuse ? Un être dépourvu de qualités, qu'elles soient bonnes ou mauvaises. Un non-être, qui ne peut pas avoir de vertus. Ni de vices, d'ailleurs. Mais réfléchis, mon brave, poursuivit-il, tu te trompes : elle n'est pas un non-être dans le sens où tu l'entends – as-tu oublié certains regards pleins de vivacité ? Sa bouche ardente ? Par moments… oui, rassure-toi, elle possède bien des sentiments. Mais à l'égard de qui ? À mon égard ? Voilà toute la question. Qui est-elle ? Une dévergondée ? Pouah, quelle sottise, quelle absurdité ! C'est un entre-deux, voilà, et j'ai beau me creuser la tête, je ne la comprends pas – mais je tiens à rêver, après tout je n'ai que vingt-cinq ans. »

« Hélas, poursuivit-il, si seulement j'arrivais à m'endormir. Demain, ça irait mieux. » Cependant, il continua à regarder par la fenêtre : le ciel s'était éclairci, laissant apparaître quelques étoiles. Il essuya la vitre avec sa main pour enlever la buée, et reprit son monologue : « Voyons cette vitre. Qu'est-ce que c'est ? Encore un élément intermédiaire, un entre-deux séparant l'intérieur de l'extérieur. Une chose remarquable, car elle-même invisible, qui sépare le petit monde des humains, à l'intérieur, du royaume infini de Dieu, à l'extérieur. Je ne la vois pas, mais à travers elle je peux observer les étoiles du ciel. En elle-même insignifiante, un rien, mais qui a néanmoins une valeur, sans être quelque chose de véritablement précieux – exactement comme moi finalement, oui, comme moi-même ! Ah, je voudrais graver mon nom sur cette vitre ! Je n'ai qu'une pierre à fusil dans une poche de ma tunique. J'ai envie d'essayer, pour voir si elle avait raison en disant qu'elle ne permet pas de couper du verre.

Il prit l'outil et se mit à la besogne. Mais soit la pierre à fusil était trop émoussée, soit il n'osa pas appuyer assez fort, de crainte de faire trop de bruit, toujours est-il qu'il n'obtint aucun résultat. Dépité, il se rejeta en arrière et appuya sa tête sur le dossier. « Tu n'as pas de diamant, Albert, ferme les yeux et dors, oublie tes envies ! » Ses pensées s'embrouillèrent, les images devant ses yeux perdirent leurs formes et leurs couleurs, son pouls se ralentit, son cœur battait moins fort, plus lentement. Il s'endormait.

*

Le lendemain matin, on frappa timidement à la porte. Albert sursauta dans son fauteuil ; à l'autre bout de la pièce, la couverture du lit remua légèrement. La clé, oubliée la veille à l'extérieur, tourna délicatement dans la serrure. La porte s'ouvrit et Annette entra, apportant le plateau avec le petit déjeuner.

« Désolée, messieurs-dames, si j'ai tardé à vous servir, dit-elle avec cette amabilité dont savent parfois faire preuve les serveuses en province. Oh, Monsieur est déjà levé ! Désolée ! En général, les voyageurs préfèrent prendre leur café au lit, mais – Dieu sait ce qui nous arrive, six heures et demie, déjà ! – tous ces barons ont semé la pagaille hier soir. Ils nous ont retenus jusqu'à bien tard : tout devait être exécuté selon leur bon vouloir. Mais à présent, Dieu soit loué, vous pouvez savourer votre café à votre aise. »

Sara se redressa sur son oreiller. Annette s'approcha, fit une petite révérence et tourna le panier de biscottes de façon à lui présenter la plus appétissante, comme pour dire : Allez-y donc, ma p'tite dame !

Entre-temps, Albert avait enfilé ses bottes. Un mouvement de tête à peine perceptible de Sara, tel un bonjour silencieux, et l'éclat matinal qui illumina son visage à peine réveillé, le ragaillardit. Répondant à un geste de sa part, il vint s'asseoir sur le bord du large lit, froissant ainsi les draps du côté inutilisé pendant la nuit. Annette lui tendit le plateau. Il prit son café et le savoura.

« Ces messieurs-dames en voudront-ils encore ? demanda obligeamment Annette, sur le seuil de la porte.

– Pourquoi pas ? » répondit Albert.

Elle sortit.

Après un moment d'embarras, le sergent se lança :

« Chère Sara, je comprends que les titres dont on nous gratifie par erreur t'agacent, mais nous nous épargnerons bien de l'embarras si, durant notre voyage, nous gardons les apparences de…

– Je me suis fait la même réflexion, répondit-elle, et je ne suis pas fâchée. Bien sûr, je n'aime pas propager de mensonge, mais puisque ça s'est fait naturellement… Et aussi, Albert, je suis ravie que tu ne te sois pas mépris sur mon intention lorsque je t'ai fait signe de venir t'asseoir ici, sur l'autre côté du lit – quel lit, d'ailleurs, si grand ! J'y ai dormi comme une reine… Je ne voulais pas que la serveuse remarque les draps intacts, cela aurait pu lui donner de drôles d'idées sur nous. »

Albert prit sa tunique et se dirigea vers la porte :

« Je descends vérifier l'attelage. »

Aussitôt dit, aussitôt fait. Les chevaux commandés attendaient, ainsi que le chariot, le fond recouvert de foin et de paille, et, en guise de sièges, deux chaises rustiques. « Elle n'aime pas ces façons de faire paysannes, je l'ai bien compris. Il faut que l'aubergiste me prête un siège rembourré », songea le sergent.

Il partit parlementer et obtint satisfaction : un meilleur siège fut attaché à l'avant avec de nouvelles sangles. « Mais ici, se dit encore Albert, juste au-dessus de l'essieu, entre les roues de l'avant, ça secoue diablement. Mieux vaut laisser cette place au cocher ; nous nous mettrons derrière, entre les essieux. À vrai dire, je préférerais conduire moi-même, mais peut-être n'apprécierait-elle pas d'être assise aussi près des chevaux : leur queue lui balaierait les pieds. Et dans les descentes, quand les bêtes freinent, on les a quasiment sur les genoux. Moi, ces simplicités campagnardes, ça m'amuse, mais elle, j'en doute... Je vais monter lui demander où elle veut s'asseoir. »

Tant de prévenance et de courtoisie de la part du sergent frisaient, avouons-le, l'enfantillage. Guilleret, il grimpa l'escalier quatre à quatre. À son arrivée, Sara était habillée des pieds à la tête, il ne manquait que son chapeau. Sa tresse, longue de trois coudées, n'était pas encore enroulée au-dessus de sa nuque et fixée à l'aide de son peigne.

« Cette fois : bonjour ! dit-elle. Nous ne nous sommes pas encore vraiment salués. J'ai vu par la fenêtre que le chariot était dans la cour. Mais... (ajouta-t-elle doucement, d'une voix plus basse et quelque peu embarrassée), tu as dû passer une bien mauvaise nuit à cause de moi... »

Tout son être respirait une immense gratitude mêlée de joie et une confiance sans bornes pour la personne du sergent, même si cette attitude trahissait également un brin d'espièglerie toute féminine.

Albert ne répondit pas ; toutefois, ne pouvant se retenir, il la prit dans ses bras et lui effleura les lèvres d'un rapide baiser.

Sara Videbeck inspecta leurs bagages, réfléchissant à la meilleure façon de les disposer dans le chariot. Alors qu'Albert, sur le seuil de la chambre, s'apprêtait à aller chercher le cocher qui devait descendre leurs affaires, elle le retint d'un geste de la main.

« J'ai réfléchi à quelque chose, dit-elle. Il vaudrait mieux que tu signes seul les registres des voyageurs et que tu te charges de régler les notes. Les garçons cochers savent rarement calculer et, lorsque je fais les comptes avec eux, ils m'agacent tellement que je finis par me fâcher. Voici donc ma part, pour le trajet d'ici à Mariestad : un cheval pour moi, si on compte 12 schillings par lieue, cela fait, pour 75 lieues, 7 rixdales 36 schillings, plus 46 schillings pour le chariot, plus le supplément pour circuler dans Arboga et Örebro (nous ne traverserons pas d'autres villes), plus le logement… Cela fait au total 11 rixdales 6 schillings. Voilà. Je ne crois pas m'être trompée ; j'ai l'habitude de compter et je suis bonne en calcul mental. Mais vérifie quand même. »

Humilié, le sergent resta muet, tête basse. Il ne tendit pas la main pour prendre les pièces qu'elle avait sorties de sa bourse.

« Albert, mon ami, ajouta-t-elle chagrinée, je me suis peut-être trompée… Tu ne m'accompagnes pas jusqu'à Mariestad ? Hier, j'ai cru t'entendre dire que tu te rendais au canton de Vadsbo, puis à Mariestad… J'ai calculé notre voyage en commun jusque-là, mais si j'ai fait erreur, dis-le-moi…

– Ce n'est pas ce qui me préoccupe, dit-il. Bien sûr, je ne nie pas que cela m'aurait fait plaisir de payer de ma poche tout ce maudit voyage, je ne suis quand même pas fauché. Et lorsque je n'aurais plus eu le plaisir de t'accompagner, nous aurions pu régler nos comptes et… »

Sara ouvrit de grands yeux.

« Ah bon ? fit-elle, avant d'ajouter, en détournant le regard : Enfin, Albert, cesse de dire des bêtises. Solder les comptes après coup ? C'est toujours délicat entre gens qui s'apprécient. Tu serais aussi gêné que je te rembourse que si je le faisais maintenant ; et moi, plus gênée encore. Je me ferais du mauvais sang pendant tout le voyage à l'idée de ne pas pouvoir payer mon dû. Être redevable envers quelqu'un ? Jamais !

– Grand Dieu, Sara ! L'échange de bons procédés ou – même – la gratitude, la connivence entre deux cœurs… Est-ce donc si insupportable ?

– La gratitude ? Albert ! (Son regard prit une expression singulière.) Il existe des dettes dont il est impossible de s'acquitter. Dans ce cas, la gratitude est douce, à l'image du bonheur d'être éternellement redevable envers quelqu'un. Mais pour une course, des provisions, un loyer ou d'autres vétilles ? Que celui qui veut s'endetter pour si peu le fasse ; en ce qui me concerne, c'est exclu. Bien sûr, si j'étais sans le sou, je devrais humblement accepter ce qu'on me donne, avoir honte et dire merci ; pleurer et dire merci, encore et encore. Mais pour m'éviter cela, j'ai bien l'intention de ne jamais céder à la paresse ; je me donnerai, aussi longtemps que possible, les moyens de m'en sortir. Mais n'en parlons plus, Albert, prends cet argent, sois un homme !… Ah ! Nous aurons bien assez d'occasions de nous remercier l'un l'autre, et de tout cœur, pour des raisons qui ne pourront jamais se monnayer. »

La larme qui perlait au bout de ses longs cils noirs ne s'en détacha point, mais disparut lentement, conférant à ses yeux humides un éclat céleste.

Albert comprit qu'il n'y avait rien d'humiliant à accepter son argent. Il le prit et alla même jusqu'à le compter, méticuleusement, comme s'il venait de le recevoir d'un maquignon. La somme s'avéra correcte, ce qu'il confirma sur un ton impassible et froid :

« Le compte est juste, Sara. »

Elle devina ce que lui avait coûté cette victoire sur lui-même et le récompensa d'un mouvement de tête bien à elle :

« Je le savais, mais cela ne fait pas de mal d'être deux pour vérifier les comptes. Le résultat n'en est que plus sûr. »

Elle saisit sa longue tresse, l'enroula soigneusement sur sa nuque, l'attacha à l'aide de son peigne, mit son chapeau et se dirigea vers la porte.

Le sergent avait complètement oublié son interrogation quant à la disposition des sièges. Ils descendirent dans la cour et ordonnèrent au cocher d'aller chercher leurs affaires. L'homme apporta un tas de sacs et de sacoches, que Sara rangea dans le véhicule. Pendant ce temps, Albert alla payer la nuit et signer le registre.

« Il aurait fallu voir les passeports aussi, remarqua l'aubergiste, mais pour ces messieurs-dames, disons qu'on s'en passera.

– Tenez donc, puisque vous le demandez. »

Albert déplia le document.

L'aubergiste lut :

« Sergent… Heu… Sergent… Très bien, ça ira. Madame n'y est pas inscrite, mais ça ne fait rien. C'est très bien comme ça.

– À dire vrai mon brave monsieur, ajouta Albert, quand j'ai fait ma demande, je comptais voyager seul. Mais, comme vous le savez, on change parfois d'avis, et j'ai décidé de l'emmener. Je n'ai pas voulu importuner la police en réclamant un nouveau document.

– Oui, ça se comprend ; et puis, pour quoi faire ? On ne demande pas leurs papiers aux honnêtes gens qui voyagent et paient comme il faut. Bonne route, Monsieur le sergent ! J'espère que vous serez contents des chevaux. Ils sont à moi.

– Vraiment ? Dans ce cas, autant que je vous règle tout de suite le transport jusqu'à Fellingsbro, ce sera chose faite.

– Il n'y a pas de raison ; cela dit, ce n'est pas plus mal : le cocher est porté sur la bouteille.

– Tenez, voici pour douze lieues. La monnaie sera pour… Où est passée Annette ? Veuillez la lui donner de ma part.

– Je vous remercie très humblement, mon sergent. Un verre, peut-être ? C'est moi qui offre. Ça ne fait pas de mal, de bon matin. Pensez-vous que Madame serait d'accord si je lui en offrais un ? J'ai du très bon malaga.

– Je crains qu'elle n'en ait pas envie à cette heure-ci…

– Il faut l'y accoutumer, Monsieur le sergent. Tope là ! Je vous parie que Madame est de Vestrogothie. Eh bien, vous avez fait un excellent choix ! Maintenant, j'espère que le chariot vous conviendra et que vous ne serez pas trop brinquebalés ; enfin, quand on n'a pas son propre équipage, il faut se contenter de ce qu'on trouve. Ma femme aussi vient de Vestrogothie. Il y a des gens de qualité là-bas. Et – je dois l'avouer – quelqu'un de ma famille a un lien de parenté avec Hörstadius en personne ! D'ailleurs, il me semble vous avoir déjà vu à quelque occasion, Monsieur le sergent – un bien bel homme, et de belle stature ! J'espère qu'à votre retour j'aurai le plaisir d'être à nouveau votre humble serviteur. »

Le sergent ne pouvait pas refuser le verre, même s'il trouvait vexantes la familiarité et la bonhommie paternelle de l'aubergiste, qui lui rappelaient clairement sa qualité de sous-officier.

De retour dans la cour, il trouva Sara déjà installée dans le véhicule. Le patron le suivait, portant un verre sur un plateau.

« Permettez-moi ! Permettez ! » susurra-t-il.

Contrariée, Sara se détourna, laissant tomber :

« Pas pour moi, et surtout pas le matin ! »

Piqué au vif, Albert saisit sans un mot les guides et le fouet, et grimpa dans le chariot. Dans sa distraction, il faillit accrocher une roue en passant sous le porche.

« Mais regarde donc ce que tu fais ! Attention ! » cria Sara.

Le sergent, qui se flattait d'être assez bon meneur, s'emporta. Il tira brutalement sur les guides et donna un coup de fouet aux chevaux. L'attelage dévala les rues d'Arboga, brûlant le pavé, jusqu'à la porte ouest de la ville. On s'imagine aisément à quel point, pendant tout ce temps, l'équipage avait été secoué.

« Doucement, Monsieur ! cria le cocher assis à l'arrière, en se redressant.

– Silence, coquin ! Ne bouge pas et tais-toi ! » rugit le sergent.

Une fois sur la grand-route, qui était en excellent état, on pouvait rouler à vive allure sans incommoder personne. Le cocher, qui s'était tu, sommeillait – après tout, les chevaux n'étaient pas à lui. Déconcertée par le passage hasardeux du porche, Sara lançait de temps à autre un coup d'œil à sa droite, tâchant de voir si Albert était toujours en colère.

En conduisant, le sergent se laissait tellement absorber par son plaisir qu'il ne voyait ni n'entendait plus rien. Pendant une demi-heure, peut-être une heure entière, pas un mot ne fut prononcé. Une remarque échappa toutefois à Sara :

« Usch, quelle poussière ! »

Cette vérité, étant irréfutable, n'appelait aucun commentaire.

« Maudite poussière ! » reprit-elle un peu plus tard. « Je crois que je vais enlever mon chapeau. »

Entre-temps, le sergent avait retrouvé un peu de sa bonne humeur. Sans relever sa remarque, il lui demanda :

« Préférerais-tu t'asseoir à l'arrière ? Le pommelé n'arrête pas de fouetter tes bottines de sa longue queue.

– Je n'ai rien contre, ça les fait briller.

– Tant mieux. Alors, tu ne veux pas t'asseoir à l'arrière ?

– À côté du valet ? Mais pourquoi ? N'as-tu pas assez de place pour conduire si je reste ?

– Si, bien sûr, Sara, mais on pourrait laisser le valet prendre les rênes et nous asseoir à l'arrière tous les deux. Tu serais un peu moins secouée.

– Cela ne secoue pas tant, c'était bien pire en ville.

– Mais pourquoi enlever ton chapeau si, comme tu le dis, c'est pour éviter la poussière ? La poussière demeurera là, non ?

– Oui, mais si on salit un chapeau de batiste blanc, il faut le nettoyer sur-le-champ, en le brossant dans l'eau du lac, et ce n'est pas commode. Tandis qu'avec un foulard en soie, c'est facile : il suffit de le secouer.

– Si tu veux te changer, on s'arrête et on descend !

– Ou bien j'ouvre mon parapluie, cela me protégera...

– La poussière n'est pas comme la pluie, qui tombe droit du ciel ; malheureusement, la poussière s'élève du sol. Et je n'aime pas les parapluies quand il fait beau. »

Sara se tut. Pendant un quart d'heure, on roula en silence. Soudain le valet, qui s'était réveillé, se mit à s'agiter bruyamment.

« Mais que fait-il avec nos affaires ? » s'écria Sara en se retournant.

Albert ralentit et observa à son tour. Rien de bien fâcheux : l'homme s'était simplement retourné et tentait de se rendormir dans cette nouvelle position.

Ce spectacle finit par dissiper la morosité du sergent, qui éclata de rire devant le tableau grotesque du dormeur recroquevillé sous son chapeau aplati.

« Écoute-moi, Sara Videbeck, puisque nous sommes arrêtés, autant faire une vraie halte et pour permettre aux chevaux de souffler. Nous avons déjà bien avancé. Tu pourras te changer comme tu veux pour mieux te protéger de la poussière. »

Il sauta à terre, contourna l'équipage et tendit la main à sa compagne de voyage. Elle se leva, cherchant un appui où placer la pointe bien cirée de sa bottine. Le moyeu avait l'air trop goudronneux. Impatient, le sergent lâcha sa main, la saisit à bras-le-corps et la déposa sur le sol :

« Alors, voyons si tu tiens encore debout après cette course ?

– Je tiens très bien sur mes pieds. Mais tu conduis trop vite, Albert, surtout en ville : tu sais, les autorités de Lidköping ont formellement interdit aux voyageurs de foncer à toute allure dans les rues…

– Les autorités ! Balivernes ! Devrais-je me garder d'aller à Lidköping ? Mais dis-moi, Sara, cette maudite poussière ne t'a-t-elle pas donné soif ? Je connais une petite source, là-bas, en haut de la colline. Cette contrée est charmante, n'est-ce pas ?

– On appelle ça une contrée ? Sommes-nous encore loin de Fellingsbro ?

– N'aimes-tu donc pas les beaux paysages ?

– Ils sont rarement peints avec naturel, Albert. Ma mère en avait accroché quelques-uns au mur, dans l'atelier – ils dataient de l'époque de mon père –, mais je les ai fait porter au grenier.

– Ah bon… Mais ne trouves-tu pas que la vue est magnifique d'ici ? Regarde là-bas : tout au loin, à l'ouest, la belle Frötuna, autrefois propriété des Dalson et aujourd'hui du comte Hermansson.

– Des points de vue, il y en a partout, où qu'on se tourne ; mais dis-moi, ce qu'on voit là-bas, serait-ce une paroisse ? Chez nous, en Vestrogothie, nous en avons plusieurs, autour de la ville. Chacune possède son maître cordonnier et son maître tailleur. Elles ont le droit d'employer des commis, mais pas d'apprentis. Et heureusement, elles ne peuvent pas encore avoir leur propre maître vitrier ; en tout cas, pas dans les environs de Lidköping, à ma connaissance. Je suis bien placée pour le savoir, car j'envoie parfois mes gens poser des vitres à Råda, Åsaka, Göslunda, Sävared, Linderva, Hofby, Trassberg. Et même à Skallmeja ! »

Le sergent s'était approché des chevaux et leur adressa quelques mots. Vouloir engager avec cette charmante fille un échange un tant soit peu sensé sur les charmes campagnards était décidément voué à l'échec. À la décharge de la voyageuse, il faut avouer que la contrée qui s'étend entre Arboga et Fellingsbro n'est pas d'une beauté extraordinaire.

Le sergent attendit que Sara eût rangé son couvre-chef dans la boîte à chapeau après l'avoir troqué contre un grand foulard de soie chatoyante d'un gris clair.

« Par quel chemin es-tu montée à Stockholm ? lui demanda-t-il.

– Montée ?

– Oui, Sara. Était-ce le même que celui-ci, puisque tu sembles ne faire aucun cas de la route et ses environs ?

– Je m'étais acheté un billet pour le *Thunberg*, qui venait de Vänersberg, répondit-elle. Moi, j'ai embarqué à Kållandsö. Après, il s'est arrêté un peu partout, jusqu'à son arrivée à Riddarholmen, à Stockholm.

– Pourtant, tu étais si bien renseignée sur les auberges et les villes tout au long de notre trajet…

– Évidemment que je me suis renseignée ! J'avais prévu de prendre ce chemin-ci au retour, j'ai des affaires à régler à Örebro et à Hova. Je compte vendre quelques articles de miroiterie à Selin, ce qui me paiera une partie du voyage. Ce n'est pas difficile de se renseigner sur les auberges. Regarde, Albert, j'ai établi une liste de toutes les haltes et de toutes les distances. Je m'étais informée dans la boutique de Varodell, à Stockholm. Et hier soir, avant de m'endormir, j'ai appris la liste par cœur. »

Le sergent examina la liste dressée d'une écriture féminine, bel et bien lisible. Une pensée accablante lui traversa l'esprit : c'est donc à cela qu'elle songeait hier soir, au moment où moi…

« Voilà les sujets passionnants qui t'occupaient hier au lit, fit-il narquois.

– Oui, cela ne m'a pas ennuyée ; j'ai tout relu : les distances, les noms… Puis, j'ai calculé mentalement ma part du trajet, pour savoir combien j'allais te donner le matin, avant notre départ ; ça m'a divertie, m'a permis de penser à toi, et peu après je me suis endormie.

– C'est sûr qu'avec de telles pensées, il y a de quoi s'endormir tout de suite », observa Albert.

Les chevaux étaient à présent suffisamment reposés, et le sergent, plutôt mal luné et agacé par la capacité qu'avaient les êtres humains à s'endormir, alla réveiller le cocher d'une gifle bien sonore.

« Hans ! Mickel ! Ou Vaurien, si tu préfères ! Tu dors bien pour quelqu'un qui est censé conduire des voyageurs ! Allez, debout ! Descends de ce siège ! »

Le cocher, à moitié endormi et surpris d'être rudoyé de la sorte, se dépêcha de descendre, avec la servilité d'un domestique urbain.

« À votre service, M'sieur l'officier, fit-il.

– Défais ces sangles et permute les sièges. Attache le tien à l'avant, assieds-toi et prends les guides. Jusqu'à Fellingsbro, la route est si bonne que même un imbécile saurait y conduire. Moi, je préfère les chaussées difficiles. En route ! Ne traîne pas, te dis-je, vilain ronfleur ! Et mets le siège rembourré au centre du véhicule, c'est là que nous nous installerons. »

Le cocher, enfin sorti de sa torpeur, exécuta promptement les ordres de « M'sieur l'officier ». Tout au long de cet échange un peu rude, Sara Videbeck n'avait soufflé mot, se contentant d'un sourire en coin à l'écoute l'un ou l'autre sarcasme.

On prit place dans le chariot réaménagé, désormais conduit par le valet, qui avait entre-temps retrouvé ses esprits. Pour montrer son allant, il faisait claquer le fouet, et l'attelage « filait à une allure de tous les diables », comme dit le poète.

En un clin d'œil, on atteignit Fellingsbro.

« Regarde ces grandes maisons jaunes ! Comme elles sont belles ! »

Telles furent les premières paroles de Sara après un long silence. Sans doute voulait-elle désigner les deux bâtiments parfaitement symétriques qui tournaient leur pignon vers la route et encadraient une grande cour carrée, très propre, avec un jardin au fond ; une clôture qui courait le long du chemin les protégeait des charrettes des paysans.

Albert ne fit aucun commentaire. Il descendit du chariot, paya promptement le trajet et commanda des chevaux pour aller jusqu'à Glanshammar ainsi qu'un autre véhicule, muni de bons sièges. On remonta. Le nouveau cocher, un gars alerte au visage buriné, conduisait ses propres chevaux. On ne perdit pas au change : il se lança avec entrain sur la chaussée en bon état. Au bout d'un moment, la route tourna sur la gauche (c'est-à-dire vers le sud) et s'enfonça dans la forêt. L'homme ne cessait d'apostropher ses chevaux dans un idiome rude et disgracieux qui, sans être du suédois (et dont il est impossible de donner ici un aperçu), semblait néanmoins parfaitement compris d'eux. Heureux de ce tête-à-tête avec ses bêtes, il ne se souciait que d'elles et de la route.

*

« Cette forêt me plaît bien, Albert », fit la voyageuse d'une voix douce (sans doute trouvait-elle ennuyeux d'avoir été si longtemps privée de conversation).

Le sergent coula un regard dans sa direction. Était-elle donc capable d'apprécier un beau paysage ? Un peu radouci, il fut sur le point de lui répondre... Mais non, il ravala ses mots.

« ... parce qu'ici, l'ombre vous protège du soleil, et on échappe à la poussière », ajouta-t-elle, quelques instants plus tard, avec encore plus de douceur.

« Ah bon, ce n'était que ça... », songea *in petto* le sergent.

Sara Videbeck retira ses gants, les plia et les glissa à l'intérieur de sa capote, puis agita, pour les rafraîchir, ses mains blanches et potelées aux malicieuses fossettes.

« Dis-moi, ma chère, ma bonne Sara, t'est-il jamais arrivé de rêver la nuit ? demanda Albert sur un ton doux et suggestif, comme s'il se réveillait d'un songe.

– Bien sûr, cela m'est arrivé.

– Mais c'était peut-être il y a longtemps ? Quand tu n'étais encore qu'une petite fille ?

– Moi ? J'ai rêvé la nuit dernière, à Arboga !

– Ah ! Puis-je savoir de quoi ? »

Sara cessa de remuer ses mains et les posa sur ses genoux, en les joignant presque.

« Cela ne se laisse pas raconter, fit-elle en baissant la voix, mais c'était très beau.

– Moi, lança Albert, ce n'est pas pendant mon sommeil que j'ai rêvé, mais plutôt avant.

– Vraiment, que dis-tu là ! Mais, s'interrompit-elle, chacun rêve à sa façon – et d'ailleurs, tant mieux. »

Le sergent saisit une de ses mains :

« Dans ton rêve, tu les avais jointes comme maintenant ?

– Je ne m'en souviens plus… quoique, si…, ajouta-t-elle tout bas, comme pour elle-même.

– Je peux parier que dans ce rêve tu ne te trouvais pas dans une forêt, ni à la campagne…

– Ni sur un lac, Albert. Non, je me trouvais dans une petite pièce au papier peint fleuri à pétrir du mastic.

– Pouh…

– Mais, poursuivit-elle sur le même ton, sans remarquer qu'il avait froncé le nez, j'ai aussi beaucoup rêvé de toi, je te l'avoue.

– Et moi aussi, je pétrissais du mastic ? »

Elle leva vers lui un regard empli de douceur, qui s'assombrit aussitôt. Réprimant un imperceptible sanglot, elle répondit :

« Je te comprends très bien, Albert : tu es un officier, mais j'avais espéré que tu fusses plus sous-officier que tu ne l'es. »

Pour le sergent, c'était du chinois, et la manière dont il la dévisagea le fit comprendre à Sara. Elle retira sa main.

« Certes, on peut rêver, reprit-elle comme en se parlant à elle-même, mais au réveil, tout est différent. C'est pourquoi il vaut mieux que chacun mène sa vie comme il l'entend, sans la gâcher à cause d'un autre. On peut quand même être de bons amis, c'est déjà beaucoup ! Quand les choses vont bien, il n'y a rien de plus doux, et tout le monde y gagne. »

Albert fronça les sourcils. « Elle est toujours dans son rêve », pensa-t-il.

« Dieu sait ce qu'Il veut pour nous, poursuivit-elle, et même si je ne comprends pas son dessein, le mieux, c'est de vivre comme Il nous a créés. »

Ces paroles sentencieuses parurent si ridicules au sergent qu'il faillit éclater de rire. Mais en voyant l'air pensif de la jeune fille, il n'en fit rien et chercha plutôt à pénétrer sa logique.

« Tu me dois quelques éclaircissements, Sara Videbeck. Ta mère a dû être malheureuse avec ton père, je l'ai compris d'après ce que tu m'as raconté hier ; mais n'en déduis pas pour autant que le malheur vienne toujours des hommes...

– Bien sûr que non ! Je sais parfaitement ce qui se passe chez Stenberg, le maître tourneur, marié à une horrible mégère qui lui empoisonne la vie. C'est pareil chez les Sederbom : sa femme est si sotte qu'il en est devenu fou de chagrin. Et chez les Spolander ? Et les Zakrison ? Pour peu qu'on ait la possibilité de les observer chez eux, on voit partout la même chose. Et tant qu'ils ne se sont pas démolis les uns les autres, ils ne s'arrêtent pas. Ça, jamais je ne pourrais l'accepter.

– Mais ton père, Sara ? A-t-il été méchant avec ta mère dès le début ?

– Dieu seul le sait ! En tout cas, ma pauvre mère n'en faisait toujours qu'à sa tête, elle n'était jamais contente, jamais de bonne humeur. Alors, petit à petit, père est devenu méchant et complètement fou. Pouah !

– Laissons cette misère, mon amie, assez parlé de Lidköping, nous n'y sommes pas encore. Sais-tu comment s'appelle cette forêt ?

– Que Dieu me pardonne si je suis comme Il m'a créée. En tout cas, je fais de mon mieux. Mais tourmenter un autre être pour que sa vie devienne un enfer, ou le laisser m'y entraîner... Pas question ! – Le nom de cette forêt, Albert ? Peu m'importe. Ce que je sais, c'est que Dieu a créé les étoiles et le ciel, et tout ce qu'il y a de beau et de bon sur terre, et que le Christ est venu pour notre salut. Je ne suis pas piétiste, mais je peux comprendre que le Christ ne s'oppose pas à ce que les êtres humains nourrissent de beaux sentiments les uns pour les autres et qu'ils accomplissent le premier commandement. Mais qu'à force de se tourmenter, ils deviennent des diables, cela ne doit pas lui plaire. Les gens trouvent mille façons de faire souffrir leur prochain et, le pire, c'est lorsqu'ils imaginent que c'est pour son bien. Toi, Albert, tu es plus jeune comme homme que moi comme femme (même si, en âge, tu as un ou deux ans de plus). Tu es donc moins avisé, et moi plus avertie, même si tu en sais plus sur les bons côtés de la vie. Ne crois pas que je sois triste par nature ; je suis insouciante et gaie comme un pinson, et j'ai bien l'intention de conserver mes ailes, sois-en sûr. Si toi aussi tu peux voler, tant mieux ; mais si tu n'es qu'un hâbleur, dis-le-moi tout de suite. »

Longue pause solennelle.

« Qu'il t'arrive de te fâcher, poursuivit la fille du maître vitrier, je l'ai vu, et cela ne me dérange pas. À condition que cela en vaille la peine… Bien que, poursuivit-elle en baissant la voix, il soit impossible de prédire ou de prévoir – je l'ai assez constaté et vécu – si ce qui glisse sur l'un ne va pas toucher l'autre en plein cœur et le consumer comme un poison. Dieu sait assurément ce qu'Il attend des êtres humains, mais moi, je ne le comprends pas. »

Le sergent se sentit d'un seul coup vieilli de vingt ans.

« Il faut que tu saches qui je suis et je vais te l'expliquer, fit-il. Je ne suis pas un maître de corporation, et tu y attaches d'ailleurs peu d'importance si j'en juge d'après ce que tu m'as dit de ton père et des autres maîtres de Lidköping. Je ne suis pas non plus officier. Pour reprendre tes propres mots, je ne suis ni fainéant ni hâbleur, en tout cas pas à grande échelle. Je suis sous-officier, ni plus ni moins. Pourquoi, hier, tu m'as tellement plu, je ne m'en souviens même pas, et je crains que te l'expliquer n'en vaille pas la peine. Que tu sois une fille de Vestrogothie, on le reconnaît à ton parler sans détours et parfois sermonneur, et moi, j'ai la fantaisie de ne pas t'en tenir rigueur. Tu aurais sans aucun doute dû me demander qui je suis et d'où je viens. Tu ne l'as pas fait, et j'avoue que cette indifférence m'a un peu blessé. Mais nous n'en sommes plus à nous accabler de reproches. Je veux être franc avec toi : je n'ai pas de grandes ailes qui me permettraient de voler loin, mais j'ai quand même quelques plumes. Mon service pour la Couronne est modeste, mais grâce à lui, j'ai droit à l'uniforme, et manœuvres et exercices m'ont donné un beau maintien. C'est une qualité indispensable à un homme, qui lui permet – s'il n'est pas un vaurien ou un imbécile – de faire son chemin dans le monde. Accumuler des connaissances, c'est facile, il suffit de le vouloir, mais acquérir du maintien et savoir se tenir, c'est plus difficile. Je ne citerai pas d'autre exemple que toi-même, Sara. Certes, tu n'as pas beaucoup appris, hormis comme apprentie dans un atelier ; mais si je te dis qu'aucune fille n'a meilleur maintien que toi, ce ne sont pas des paroles en l'air. J'ai beaucoup voyagé, et des jeunes filles, j'en ai vu beaucoup ; tu peux donc te fier à mon jugement. Mais revenons à mes propres affaires : je me rends dans le canton de Vadsbo, avant de poursuivre jusque Gräfsnäs, Sollebrunn et Koberg. Une sorte de voyage d'affaires annuel, à la fois d'inspection et d'approvisionnement – oui, je ne peux pas dire mieux – des biens et des propriétés qui appartiennent à la famille S*** à laquelle je suis apparenté… de très loin. Je reçois un pourcentage de ces transactions, en plus du plaisir du voyage. Je n'ai jamais causé de tort à personne et j'ai bien l'intention de ne jamais le faire. Mes ailes ne me porteront pas beaucoup plus loin. Il se peut, bien sûr, que dans quelques années, quand j'aurai réuni assez d'argent, je m'achète une petite propriété à Timmelhed, du côté d'Ulricehamn, où j'ai des attaches. Cependant, je ne chercherai point à t'y attirer si tu n'aimes pas la campagne, et pour ma part, j'évite la ville, si ce n'est pour de brefs séjours. Tu es une personne gaie et gentille – voici au moins un point sur lequel nous nous rejoignons. Il devrait en exister d'autres, il suffit de les découvrir. Que tu portes un foulard de soie ou un chapeau, tu me plais dans les deux cas. Ton écriture est belle et lisible, je l'ai vu. Et puis, j'aime beaucoup planter des fleurs au printemps et en été…

– En pots ?

– Non, bon sang, en pleine terre, ou éventuellement sous serre, pour les espèces trop fragiles. Encore que… Pourquoi pas également en pots, à placer sur le rebord des fenêtres…

– Des giroflées blanches ?

– Parfaitement, elles sont jolies et embaument la pièce. Mais alors il faut…

– Il faut des carreaux de verre pur, transparent, Albert ! Car le verre grossier, verdâtre, dont doivent se contenter les gens qui n'ont pas les moyens, jure à ce point avec de belles fleurs qu'il vaut mieux ne pas en avoir du tout. J'aime aussi beaucoup le bleu-gris de la lavande, qui convient aux intérieurs plus modestes. Albert, que j'aimerais que tu voies ma petite chambre : j'y ai des giroflées ! Ah, mais c'est vrai, tu ne m'accompagnes que jusqu'à Mariestad. Après, je devrai traverser seule la contrée nue et sablonneuse jusqu'à Lidköping par cette affreuse route uniforme… Ah, je préfère ne pas y penser.

– Pourquoi devrais-je te quitter à Mariestad ? Rien n'est encore décidé. Et puis, l'affreuse route, comme tu dis, ne commence pas juste après Mariestad : pense, par exemple, au joli mont Kinnekulle.

– Soit, il y a le Kinnekulle quelque part, mais dans mon souvenir, c'est quand même un pays plat. J'ai déjà fait ce trajet et peu m'importe que ce soit plat, mais je frémis à l'idée de… »

« Frémir ? Elle ? » se dit Albert. « Dieu soit loué, elle en est donc capable !… »

« Qu'est-ce qui te fait frémir, Sara ?

– Je vais te le dire, tant pis si tu le juges puéril. C'est pénible de voyager en charrette de paysan conduit par quelque lambin. C'est pour cette raison aussi que je livre rarement moi-même les commandes ailleurs qu'à Lidköping. Je préfère envoyer un ouvrier ou un apprenti fiable – même si cela m'a déjà valu de grandes pertes ! –, mais on n'est pas obligé de tout supporter.

– Mon Dieu ! Quelles grandes pertes ?

– Je vais te dire. Personne, à Lidköping, n'a souffert autant que moi d'apprentis maladroits qui cassaient les vitres pendant le trajet, avant même de les monter ! Mais ce sont des ennuis qu'on oublie, ils n'atteignent pas le cœur. Aujourd'hui, je me demande dans quel état je vais trouver ma pauvre mère.

– Elle va peut-être mourir bientôt, et ne m'as-tu pas dit que c'était la meilleure chose qui puisse lui arriver ? Tu te retrouveras seule dans la maison. Mais revenons-en à notre voyage : si je t'accompagne jusqu'à Mariestad et même jusqu'à Lidköping, que me donneras-tu ? »

Sara laissa s'échapper un petit cri de joie, puis se reprit et dévisagea son compagnon de voyage :

« Tu recevras… d'abord ma participation aux frais du voyage.

– Cela va de soi.

– Et aussi – si cela ne te déplaît pas –, un brin de giroflée, dans un écrin que j'aurai confectionné moi-même, de la découpe du verre jusqu'à l'assemblage et la feuille d'or sur le fond.

– Cela risque de ne pas me suffire. Bon, nous y penserons en route, il nous reste encore du chemin à faire…

– Il se peut aussi, l'interrompit-elle sur un ton non dénué de finesse, que tu te fâcheras contre moi bien avant Mariestad, et que nous n'y arriverons pas ensemble. »

Les moustaches noires joliment recourbées du sergent se soulevèrent au-dessus de sa lèvre supérieure, indiquant qu'il s'apprêtait à prendre la parole, peut-être pour préciser ce qu'il attendait en échange du détour envisagé par Lidköping. Mais à l'instant même où Sara eut achevé sa remarque, les chevaux prirent peur, probablement à cause de quelque branche tombée au bord du chemin. Le cocher au visage buriné, aussi loquace, à sa façon, avec ses deux poulains que les deux voyageurs entre eux, avait à ce point relâché les guides qu'il ne put les rattraper assez vite pour empêcher les bêtes de partir au galop. Les chevaux de Närke sont une excellente race connue pour son intrépidité, sa fougue et sa vélocité. Se levant d'un bond, Albert saisit les rênes et les tira brusquement, si bien que les créatures pommelées se cambrèrent comme deux grands arcs et s'ébrouèrent, le museau contre le poitrail. Leur course folle put être arrêtée, mais à un prix tel que les boîtes des roues faillirent prendre feu.

Les boucles du sergent voltigeaient autour de son schako. Cette fois, il se sentit rajeunir de vingt ans. Il jeta un regard à la dérobée. La course endiablée ne semblait pas avoir effrayé Sara, ce qui réjouit Albert plus vivement que le narrateur de cette histoire n'est capable de le décrire. Voici encore une chose où nous nous rejoignons, se dit-il, et qui sait peut-être un jour on en découvrira d'autres ?

Du reste, le narrateur, quel qu'il soit, serait-il vraiment capable de tout décrire par le menu ? Et doit-il le faire ? Parler de ce qui fut dit et de ce qui ne le fut pas, de ce qui arriva et de ce qui n'eut jamais lieu ? Décrire tous les cas où le foulard remplaça le chapeau, et vice versa ? Soyons bref : voici nos voyageurs à Glanshammar, puis à Örebro, puis à Kumla et ainsi de suite.

Mis à part l'accident intervenu sur la route de Glanshammar, le voyage ne fut pas très rapide et prit plus de temps que prévu. Quatre nuits sur le trajet entre Arboga et Mariestad, cela paraît beaucoup, non ? Qu'il y en ait eu quatre se déduit du fait que les voyageurs n'arrivèrent à Mariestad que le mardi ; alors que, comme nous l'avons indiqué au début, ils avaient quitté Stockholm le jeudi, soit six jours auparavant, dont un sur le lac, et les cinq autres à terre.

Cette lenteur venait notamment du fait qu'à Bodarne, où ils passèrent une nuit, Sara s'était sentie indisposée au réveil. Jamais elle n'avait connu un voyage aussi agité. Le regard fébrile qu'elle adressa à Albert de ses yeux pourtant plus clairs encore que d'ordinaire indiquait qu'elle n'avait pas dormi la moitié de la nuit. La servante qui leur apporta le café à six heures et demie reçut donc un très bon accueil. Quelle excellente boisson à cette heure matinale ! Mais ce petit détail mérite-t-il vraiment d'être mentionné ?

Reportons-nous plutôt directement à Mariestad. Que le voyage ait duré six jours, personne n'y peut rien.

Mariestad jouit de la réputation méritée d'être une des villes de province les mieux situées de Suède. Qui ne se rappelle la splendide vue qu'elle offre sur le lac Vänern, en particulier depuis le parvis de sa grande cathédrale, située en hauteur, qui avant même qu'on soit entré en ville, captive le regard et le détourne de l'allée ombragée sur la droite, qu'on suit en venant de Stockholm ? Enfin, qui ne se souvient, une fois en ville et de l'autre côté de la grand-place, de son long pont flottant, vision amène sur la large et claire rivière Tida ? Et sur l'autre rive, celle de Marieholm, la gracieuse résidence du gouverneur, remarquable moins par ses dimensions que par le charme tout particulier des splendides frondaisons qui l'entourent ? Les souvenirs des générations d'administrateurs des domaines royaux sont comme entrelacés au feuillage des érables, trembles et ormes, ondoyant dans la brise vespérale. Qui ne se rappelle tout cela ? À condition bien sûr de s'être rendu à Mariestad, car en entendre parler ne sert pas à grand-chose ; il faut avoir vu de ses propres yeux la douce et attrayante embouchure de la Tida.

Albert et sa compagne l'atteignirent par une soirée de juillet divinement belle. Accordons quand même à notre récit, çà et là, quelque luxe de détails. Et excusons-nous par avance de ce que nous allons raconter.

Parvenus à la grand-place, ils ne gagnèrent pas tout de suite le pont, mais prirent, à droite, une petite rue qui mène au bord du lac. À peu près au milieu de celle-ci se trouvait l'auberge toujours prête à accueillir des voyageurs fatigués.

Ils descendirent de voiture et firent porter leurs bagages à l'intérieur. Tout cela se passa sans anicroche ; alors, Albert proposa de faire une promenade pendant qu'il faisait encore clair et doux.

Ces derniers jours, Sara s'était faite plus silencieuse ; non pas plus grave – ce n'est pas le bon mot – mais plus recueillie ; et elle discourait moins souvent sur les affaires de sa corporation. Un autre changement encore se faisait remarquer chez elle : la coutumière espièglerie de son regard avait cédé la place à une douceur incommensurable, une volonté de se conformer aux moindres désirs d'Albert.

Docile, elle se laissa prendre par le bras et suivit le sergent. Comme ce dernier n'avait aucun plan préétabli, leurs pas les conduisirent de l'autre côté de la place, jusqu'au pont flottant au milieu duquel ils s'arrêtèrent pour contempler la Tida.

Vers le nord, la surface claire du Vänern s'étendait à perte de vue dans la lumière vespérale. La limite entre l'eau et le firmament était indiscernable, et le lac semblait ne faire qu'un avec le ciel.

« Et cette rivière s'appelle la Tida ? fit-elle en plissant légèrement le front. Dans notre ville, la Lida coule exactement de la même façon, et de son pont on a une vue encore plus étendue sur le Vänern, au nord, jusqu'aux cieux, quand c'est le soir comme maintenant. Oh Albert ! Albert ! Ça me rappelle le jour où ma mère et moi étions sur le pont au-dessus de la Lida, et où elle a jeté sa bague au loin, de toutes ses forces… »

Le sergent frémit, prit Sara par le bras et l'éloigna, presque malgré elle, du pont. De retour en ville, ils se dirigèrent vers la cathédrale dont la hauteur forçait le respect. À côté, le cimetière, entouré d'un mur de pierres bas et planté de plusieurs bosquets, bordait le lac de si près que l'on avait l'impression de se trouver sur l'eau. L'imposant édifice gris y projetait son ombre.

Sara voulut s'asseoir sur une pierre tombale. Albert l'imita.

« Tu es bien silencieuse, ma chère Sara. Est-ce la fatigue ? »

Elle ne répondit pas immédiatement. Suivant son regard, il comprit qu'elle observait, d'un œil rêveur qu'il ne lui connaissait pas, deux gracieux enfants qui jouaient dans l'herbe à proximité. Les petits se poursuivaient avec entrain et se battaient à coups de giroflées.

Tête nue, ils n'avaient l'air ni riche ni pauvre, mais leur beauté attirait le regard. Pour faire plaisir à Sara, Albert leur fit signe de s'approcher. Retenant à grand-peine une larme brillante, elle caressa en silence leur nuque bouclée.

« Imagine, Sara. Et si ces enfants n'avaient pas de parents ?

– Sans père ni mère, ils ne seraient même pas nés.

– Mais si leurs parents étaient…

– Morts ? Dieu les protégerait quand même, sans parler des bonnes âmes, il y en a partout. J'en connaissais une à Lidköping. Elle n'avait pas eu d'enfant, mais se plaisait à vêtir et à aider de tous ses moyens ceux dont les parents…

– Étaient morts ?

– Non, pire encore : se détruisaient à coups de poing et de paroles, sans se soucier de leurs enfants.

– C'était ton cas ?

– Le peu d'éducation que j'ai, je le dois à une parente miséricordieuse, tante Gustava, qui avait l'habitude de passer chez nous en cachette. À la mort de mon père, l'ambiance à la maison est devenue plus calme et plus respirable, quoique maman fût déjà si ravagée qu'elle n'était plus bonne à rien. Elle aurait pu redevenir quelqu'un, mais elle était incapable de se ressaisir. J'ai grandi et j'ai pris les rênes du ménage. Mais je suis ainsi faite, et j'espère que tu me croiras, que je ne veux de mal à personne, surtout pas à toi, Albert. Ce qui est terrible – et on n'y peut rien –, c'est qu'un être puisse être en position qui lui permet d'en détruire un autre. Et cela ne fait pas progresser le glorieux amour de Dieu sur terre. Jamais je ne veux avoir ce pouvoir sur quiconque, ni le donner à quiconque sur moi. »

Silencieux, Albert caressait la tête des bambins.

« Comme tu aimes les enfants ! s'écria-t-elle.

– Si leurs parents, hasarda-t-il, sans vraiment lui répondre, n'étaient pas mari et…

– Ces petits ont l'air beau et gentil ; on les dirait aimés du bon Dieu et des hommes.

– Oui, mais si leurs parents n'étaient pas mariés… s'ils ne s'en occupaient pas, ne prenaient pas soin d'eux… Alors imagine, Sara, ces enfants seraient affamés, sales, abandonnés…

– Imaginons que leurs parents soient des gens raisonnables et bons, l'interrompit-elle doucement, alors, sans aucun doute, ils s'occuperaient d'eux toute leur vie ; c'est aussi sûr que personne ne s'arrache le cœur de la poitrine.

– Mais si les parents sont méchants et déraisonnables ?

– Eh bien, dans ce cas, qu'ils soient mariés ou pas, cela ne changera rien ; et ils se conduiront de la même manière avec leurs enfants, avec eux-mêmes et avec toutes les créatures de Dieu. Cela, Albert, je l'ai vu de mes propres yeux.

– Mais il y a une différence…

– Oui, il y en a une. La différence, et je l'ai souvent constaté, c'est que si les êtres sont bons et sages par nature, ils le resteront et deviendront peut-être même encore meilleurs, s'ils vivent comme Dieu les a créés ou si d'autres les amendent gentiment lorsqu'ils se trompent, comme cela peut arriver. Tandis que s'ils sont contraints, leur vie durant, de côtoyer les personnes de mauvaise compagnie, leur corps et leur âme en seront contaminés et ils finiront par s'avilir ; et même s'ils détestent cette compagnie, mais sont forcés de la supporter, ils ne manqueront pas de s'aigrir, de devenir méchants, pareils… oui, pareils à des diables ! »

En l'entendant prononcer ce mot, le sergent tressaillit, comme toujours, sauf quand il l'employait lui-même dans un juron. Le mot « piétiste » lui échappa dans un murmure.

« "Piétistes", dis-tu ? Pense ce que tu veux, Albert, je n'en fais pas partie. Tu n'as qu'à leur demander, je te laisse ton entière liberté. Les diables dont je parle ici, assise sur cette tombe, ce sont les êtres humains, dépravés et affreux, que l'on croise aussi bien en ville qu'à la campagne.

– C'est ainsi que Dieu met l'homme à l'épreuve, Sara.

– À l'épreuve ? Pour moi, si l'on veut du bien aux hommes, on ne les soumettra pas à des épreuves qui risqueraient d'en anéantir la plupart. Peut-on trouver juste et acceptable d'infliger aux êtres des épreuves tellement infernales qu'elles les broient et les anéantissent ? Je n'appelle pas ça "épreuve", mais "acharnement" ! »

Albert frissonna et se leva d'un bond. Ces mots effroyables – enfer, diables, acharnement – n'avaient pas leur place dans sa conversation, sauf, comme nous avons déjà dit, lorsqu'il proférait des jurons. Et en compagnie de Sara, il n'en avait pas proféré un seul, du moins pas un qui lui soit destiné.

Pour se réconforter, il prit les enfants dans ses bras, l'un après l'autre, et les embrassa. En observant Sara, restée assise, à la dérobée, il vit qu'elle les suivait des yeux et crut même qu'elle était sur le point de leur tendre les bras. Ce tableau le ravit. N'étant ni peintre, ni musicien, ni poète, il aurait été en peine d'exprimer par un dessin, une chanson ou un poème ce qui l'attirait dans cette image d'une femme assise, le visage levé vers le ciel. Poétique, elle ne l'était guère, mais l'image d'une simplicité divine, dépourvue de tout artifice, a aussi une valeur.

« Sara, il est temps de rentrer. Le soleil décline, la fraîcheur tombe. Pour rien au monde, je ne voudrais que tu prennes froid. »

Albert gratifia les enfants de quelques baisers supplémentaires et de quelques pièces d'argent. Les petits partirent en chantant, et le sergent tendit le bras à Sara.

« Prendre froid ? J'espère bien que non. Je suis de nature plutôt chaude, mais il est vrai que tu ne m'as jamais vue bouillonnante, ni avec des joues enflammées. »

Avant de quitter le cimetière, elle se retourna une dernière fois pour regarder le clocher gris et majestueux de la cathédrale en s'inclinant imperceptiblement, comme un signe d'adieu... ou peut-être comme un merci pour le plaisir que lui avait procuré la présence des enfants.

En marchant dans les rues, Albert se sentait soulagé. Le pas de Sara était, lui aussi, léger, résolu et élastique. Ils se mirent à parler du voyage, en évoquant mille petits détails. Avant même de s'en rendre compte, ils arrivèrent à l'auberge, où leurs affaires les attendaient dans une chambre claire et accueillante.

La nuit ne tarda pas à tomber, et une servante vint leur apporter une bougie et baisser les stores. Elle leur demanda ce qu'ils souhaitaient pour le souper, et s'ils voulaient le prendre dans la salle à manger ou dans la chambre.

« Allez nous chercher le menu, nous nous déciderons ensuite. »

Elle partit. Albert se tourna vers Sara :

« As-tu envie de compagnie en bas ?

– Non, surtout pas ce soir, répondit-elle. Nous sommes déjà à Mariestad. Il nous reste des choses à discuter, des calculs à faire si nous nous séparons et que tu continues vers le sud, et moi vers l'ouest. Nous serions mieux ici. »

La servante apporta le menu. Albert commanda ses plats, les mêmes que sa convive, à une différence près : elle souhaitait de la salade pour accompagner la viande, tandis que lui choisit des concombres marinés, son mets favori.

« Nous mangerons ici », déclara-t-il.

La servante monta le souper. Le petit repas se déroula dans une ambiance enjouée, et lorsqu'il fut terminé et la table débarrassée, ils se retrouvèrent à nouveau seuls.

*

Sara se dirigea vers leurs bagages pour mettre de côté ceux du sergent.

« Pars-tu dès ce soir ou seulement demain matin ? demanda-t-elle à mi-voix.

– Partir ? Où ça ?

– Je ne sais pas où tu vas, Albert. Mais tu as bien dit qu'après Mariestad, tu irais vers le sud où se trouvent les grandes propriétés ?

– J'avais des choses à régler dans le canton de Vadsbo, mais nous l'avons déjà dépassé, je m'en occuperai au retour. Je comptais aussi me rendre à Odensåker et à Skövde, et pousser même jusqu'à Marka et Grolanda ; le chemin le plus commode serait de tourner vers Kekestad juste avant Lexberg, plutôt que de prendre la route de l'ouest par Björsäter et Lidköping. Mais j'ai également à faire à Gräfsnäs, du côté de Sollebrunn, et on y accède aisément en passant par Lidköping. Pourquoi ne pas commencer par cette visite ?

– Tu me demandes *pourquoi* ? N'es-tu pas libre de choisir ?

– Si, Sara, pour mes affaires j'ai cette liberté…

– Y a-t-il un autre obstacle ? Que souhaites-tu, toi ?

– Tu me le demandes, Sara ? Tu sais très bien que je veux t'accompagner jusqu'à Lidköping. Ne puis-je pas voir ta petite maison ? Ces pièces à l'étage, qui pourraient être louées à un voyageur par exemple ? Et celle du rez-de-chaussée, plus spacieuse, où tu comptes un jour ouvrir boutique ? Bientôt peut-être, si ta mère…

– Voudrais-tu vraiment voir tout cela ?

– Sara, chère amie, tu souris ? – je suis pourtant très sérieux. Cet été, et peut-être même pendant toute l'année si je réussis à obtenir ma mutation au régiment de Vestgötadal, ce qui dépendra de Dorchimont, je viendrai souvent en Vestrogothie. Il faudra que j'aie un point de chute, un lieu où laisser mes effets. Et si tu me louais tes petites pièces à l'étage ?

– À Lidköping ? Attends donc de les avoir vues. Ne jamais rien acheter ni louer les yeux fermés ! »

En voilà un beau poncif ! C'était la première fois que le sergent entendait Sara en proférer un de ce genre. Mais les mots sonnaient joliment, prononcés comme ils l'étaient avec une douceur presque caressante. Ils avaient entre-temps soufflé les bougies, remonté le store et, debout devant la fenêtre, profitaient du spectacle envoûtant du ciel vespéral.

« Dis-moi, Sara, dans ces petites pièces à Lidköping, il y a du papier peint fleuri, n'est-ce pas ? Et c'est là qu'autrefois tu préparais du mastic ? »

Il l'entourait de ses bras ; elle leva vers lui un regard interrogateur : se moquait-il du rêve dont elle lui avait parlé à Arboga ? Mais son visage n'exprimait nulle trace d'ironie ni de moquerie.

« Autrefois ? Et à présent aussi : je n'ai pas l'intention de renoncer à mon métier.

– Mais si je louais ces pièces ?

– Je mènerais alors mes affaires au rez-de-chaussée, chez moi.

– Et tu ne voudras jamais rien faire à l'étage, chez moi ?

– Si tu t'y installes, Albert, tu auras bien des choses à régler pour ton propre compte et puis tu devras accommoder ton quotidien. On sert de bons repas dans le voisinage, et il est facile de trouver quelqu'un qui fasse le ménage pour une modique somme ; de même pour la lessive et le repassage, je peux te recommander des gens qui seraient prêts à te rendre service pour quelques sous. D'ailleurs, ils pourraient gagner davantage, s'il n'y avait pas les corporations... Bien entendu, Albert, à l'occasion je t'inviterai chez moi pour un petit repas simple. Toi aussi tu m'inviteras chez toi, n'est-ce pas ? Mais jamais, jamais je ne te priverai de ce qui est à toi, jamais je ne me mêlerai de tes arrangements domestiques, sauf si tu me demandes conseil ; un conseil que tu suivras ou non, comme tu voudras. Surtout, je ne me mêlerai jamais de ton travail. De toute manière, je n'y comprends rien à ces écritures et ces comptes que tu dois régi... rédi... bref, tous ces Hörstadius, Selander, Silver-je-ne-sais-trop-quoi..., jamais je ne t'importunerai à ce sujet.

– Je t'en remercie, Sara, c'est formidable. Mais n'y a-t-il donc rien que nous pourrions partager, puisque nous sommes...

– Il reste tant de choses, oui, tant de choses à partager malgré tout. Puis-je te dire franchement ce que je pense ? J'y ai réfléchi ces derniers jours...

– Moi aussi j'y ai réfléchi, j'ai beaucoup réfléchi, crois-moi, c'est de la plus haute importance pour nous.

– Voilà : prenons garde à ne pas tout gâcher par excès de zèle. La cause est à moitié gagnée, vois-tu, si on ne la prend pas trop à cœur, si on laisse les choses aller un peu comme elles veulent. C'est comme ça, Albert, et c'est ainsi qu'il convient d'agir quand on s'apprécie vraiment. »

Le sergent, qui ne comprit pas tout, caressa la jolie tête posée sur sa poitrine.

« Continue Sara, parle la première ! »

Elle releva son visage vers lui et réfléchit un peu avant de poursuivre :

« Tu tiens à moi et je tiens à toi, c'est cela qui nous unit. C'est déjà beaucoup, Albert ! Beaucoup plus que la plupart des gens ! Imagine que nous partagions tout le reste, que se passera-t-il ? Je vais te le dire : si tu prends en charge ma maison, mon commerce, mes meubles et mon argent – pas grand-chose, tout ce que j'ai ou que je pourrai encore avoir –, je risquerai de devenir grincheuse, je ne te le cache pas, car tu seras peut-être incapable de t'en occuper comme il faut. Il se peut que tu ne le saches pas toi-même, tu n'as encore eu ni maison ni métier ; moi, en tout cas, je n'en sais rien. Mon inquiétude est sans doute injuste, il est possible que tu te débrouilles bien, et pourtant cette inquiétude, Albert… oui, je vais te dire : à l'instant où tu l'auras lue dans mes yeux, que tu te mettras en colère ! Moi, j'irai me morfondre dans mon coin, soit en me reprochant d'avoir été injuste envers toi, soit en me donnant raison sur l'un ou l'autre point. Ces tourments, ces luttes intérieures me feront perdre le temps qui aurait pu être mieux employé. Et si ce n'était que cela ! Car vois-tu, Albert, je deviendrai susceptible. Tu me trouveras de plus en plus souvent irritable, et tu deviendras susceptible toi aussi. Ou bien on gardera chacun pour soi ces soucis, en les “ravalant”, comme on dit. Le ressentiment nous rongera jusqu'à la moelle, nous gâtera la santé, et nous dépérirons, de corps et d'âme. On sera obligés d'aller prendre les eaux à Lundsbrunn, ou de gaspiller notre argent à faire des bains de boue à Loka ou à Porla*, comme cela se fait – des remèdes fort peu efficaces quand tout va réellement si mal.

« Autre chose, Albert : à cause de ces tracas, ma peau perdra sa douceur, mes yeux leur éclat, je m'enlaidirai. Tu n'auras jamais le cœur de me le dire, mais tu n'en penseras pas moins. Je serai assez sensée pour le comprendre toute seule et je m'en irai broyer du noir ; ce que tu ne me diras jamais, je le devinerai. J'en perdrai le sommeil, et je me flétrirai un peu plus chaque jour – oui, Albert, quand on s'engage sur cette mauvaise pente, c'est une chute sans fin, je l'ai déjà vu autour de moi.

« Et toi, que feras-tu ? Tu chercheras à me consoler par des mots doux, mais malgré tes bonnes intentions, ces compliments sonneront faux, je saurai que tu mens pour me faire plaisir. Cela fera plus de mal que de bien. Et puis, tu te lasseras sûrement, car toi aussi tu es un être humain, Albert. Tu seras de moins en moins attiré par celle que je serai devenue, par mes dehors repoussants, et surtout par mon caractère irritable, ennuyeux et mauvais. Ces souffrances finiront peut-être même par me rendre sournoise et abrutie, encore plus insupportable donc. Or tous les serments du monde sont vains quand on ne supporte plus quelqu'un ; car disparaît alors la seule force qui puisse les faire tenir, l'amour qui vient du fond du cœur.

* *Stations de cure thermale, situées respectivement au nord-est et à l'est du lac Vänern, qui jouissaient à l'époque d'une grande renommée.*

« Voilà comment tu pourrais en venir à me détester ; mais moi aussi je pourrais en venir à te détester. Et quelle consolation a produit cet échange de promesses, si on est malheureux chacun de son côté ? On porterait le même nom, mais il n'aurait pas plus de valeur qu'un titre sans fonction ou qu'une enseigne à l'extérieur d'une boutique vide : le client y entre pour s'enquérir d'une marchandise, mais si elle n'existe pas, que fait-il alors ? Il ressort fâché en crachant sur l'enseigne. J'ai si souvent assisté à ce spectacle navrant que je n'en veux pas, ni pour toi ni pour moi. Si tu m'aimes, je serai heureuse et comblée, et je m'occuperai de ma besogne avec plaisir, zèle et joie ; je dormirai bien la nuit et serai belle à voir le jour ; j'en suis sûre, tu verras. Mais si tu ne m'aimes pas… à quoi bon tout le reste ? Le meilleur avenir que nous pouvons nous souhaiter, toi et moi, c'est de réussir à faire durer notre amour. Et si malgré tout il se tarit un jour, évitons au moins de précipiter les choses, en nous livrant à des actions dont on sait par avance qu'elles peuvent lui être néfastes.

– Mais Sara, si nous sommes des personnes raisonnables et bonnes, comme je le crois, nous devrions bien pouvoir… Faut-il vraiment nous compter au nombre des exemples malheureux que tu as cités ?

– Si, grâce à Dieu, nous sommes raisonnables et bons, comme c'est peut-être le cas, je l'espère moi aussi, avons-nous besoin d'autre chose ? Il nous suffit d'agir avec bonté et raison l'un envers l'autre comme envers tout le monde. Qui peut empêcher cela ? Réfléchis : si nous sommes raisonnables et bons, le mieux n'est-il pas que nous continuions à l'être ? Et donc que nous évitions tout ce qui avilit, rend méchant, méprisable et stupide ? Notre avenir est entre les mains de Dieu, et nul n'est à l'abri d'une chute, mais au moins n'emplissons pas nous-mêmes notre cœur de fiel et notre cerveau de brouillard. Libre à d'autres de parler d'« épreuves » ; pour moi, ce sont des agissements bêtes et méchants que personne n'a le droit de faire subir à son prochain. Si Dieu lui-même nous inflige une peine à laquelle nous ne pouvons nous soustraire, nous devrons la supporter patiemment, car cela, c'est une épreuve. Mais les vexations venant des êtres humains ne méritent pas le nom d'épreuves, elles sont évitables et doivent être évitées. Car sinon, elles finissent par vous précipiter en enfer, sort qu'aucune puissance bienveillante ne peut souhaiter pour ses sujets. Toutefois, si tu ne penses pas comme moi, Albert, tu es entièrement libre…

– Une chose est sûre, interrompit le sergent, tu te trompes, Sara, en disant que le malheur et la déchéance sont le lot de tous les ménages.

– Tous ? Non, je connais quelques foyers heureux, vraiment heureux. Et ce n'était pas dû à la bénédiction nuptiale, qui n'est d'aucun secours, mais parce qu'ils étaient d'accord de cœur et d'âme, le seul secours véritable.

– Bénédiction ?

– Qu'on les ait bénis en bonne et due forme. Cher ami, ces simagrées ne servent à rien. Dans cette affaire comme dans d'autres, on doit se décider, rechercher ce qui est réellement utile et se débarrasser du superflu.

– Simagrées ? En ce qui me concerne, j'aime les belles prières, comme celle, par exemple, qui unit deux personnes… »

Sara leva les yeux avec une expression singulière.

« Dieu m'en est témoin, murmura-t-elle d'une voix vibrante, j'aime les prières. Je prie, Albert, et je continuerai à prier, mais pas pour tout et n'importe quoi : tant de prières ne sont que simagrées, paroles creuses, ou, pire encore, blasphèmes ! Prier ? Ô grand Dieu ! La plus belle des prières ne transformera jamais le blanc en noir, ni le noir en blanc. Si deux personnes se mentent dès l'instant où, debout devant l'autel, elles simulent un amour qui n'existe pas, aucune prière ne pourra transformer ce mensonge en vérité. Ou si, sans aller jusqu'au mensonge, elles se font une promesse qu'elles ne pourront pas tenir, comment une simple bénédiction pourrait-elle y remédier ? Et si, comme souvent, elles ne tiennent pas cette promesse impossible à tenir, mais s'enlisent dans le mensonge et sont prêtes à souffrir pour sauver les apparences, à quoi aura servi cette pauvre bénédiction ? Qu'aura-t-elle empêché ? Ces choses-là arrivent sans cesse. Cher Albert, il ne faut pas se prétendre vertueux ou heureux si on ne l'est pas. Et crois-moi, il ne faut jamais recourir à de faux remèdes, ça ne sert à rien. S'il me manque de l'huile pour du mastic, je ne me mettrai pas à prier devant ma chaux : non, j'irai chercher de l'huile, que je mélangerai avec la chaux, et voilà ! Les simagrées, très peu pour moi, même si, chez nous à Lidköping, certains s'évertuent à jeter du sel dans le four quand ils ont mal aux dents, à faire fondre du plomb pour les malades, ou encore à planter des éclats de bois* dans les arbres : ils disent que cela les guérit. Pourquoi pas, mais selon moi, les éclats de bois n'y sont pour rien. En somme, Albert, on peut rencontrer des époux heureux, mais leur bonheur a d'autres causes que la prière.

– Soit, mais cela ne fait pas de mal non plus.

– C'est encore à voir. Bénir deux personnes qui ne s'apporteront que malheur et misère et les contraindre à rester ensemble au nom de cette seule bénédiction, dussent-elles se détruire à force de disputes, me semble malfaisant et néfaste : au mieux, ces prières ne servent à rien, au pire elles causent de terribles dommages. Ô mon Dieu… une prière est une chose si sainte, si douce lorsqu'elle est bien faite. J'en suis convaincue !

– Chère enfant… quand as-tu prié pour la dernière fois ?

– À Arboga… Albert. »

Ces paroles furent murmurées d'une voix à peine audible ; cependant, il crut entendre son prénom précédé d'un « mon ». Tout en elle exprimait un ravissement impossible à décrire, mais la magie de cet instant se grava à jamais dans la mémoire du sergent. Sara se tut un instant, puis reprit d'une voix plus ferme :

« Je le répète, Albert, tu es libre de ne pas partager mes opinions, mais dans ce cas, pars ce soir ou demain, et ne m'accompagne pas jusqu'à Lidköping ; même si,

* *Selon une croyance populaire, on pouvait guérir les maux de dents en triturant la dent malade avec un bout de bois ou un clou qu'on enfonçait ensuite dans un arbre particulier, pour y « transférer » le mal.*

Dieu m'en est témoin, j'aimerais t'avoir auprès de moi sur cette mauvaise route sablonneuse.

– Juste sur la route ? »

L'espace d'une seconde, leurs regards emplis de tendresse se croisèrent, avant de se tourner vers le ciel qui, malgré la tombée de la nuit, ne leur semblait pas plus sombre qu'auparavant. Assis sur une chaise près de la fenêtre, Albert tenait Sara sur ses genoux, se remémorant une autre soirée crépusculaire, à Arboga, où, assis devant une autre fenêtre, il avait tenté en vain d'y graver son nom. Que de changements depuis ! Une nouvelle époque venait de commencer ! Désormais, il regardait Sara avec des yeux différents, et elle lui semblait avoir changé d'univers : tout ce qu'il y avait eu chez elle de brusque et d'impertinent avait disparu ; c'était à présent une jeune femme posée. Le même bon sens dans toute chose, comme avant, mais un bon sens teinté du dévouement le plus sincère, de la douceur la plus pure. Le plus extraordinaire était que cette liberté totale qu'elle lui offrait, loin de le pousser à partir, rendait la jeune femme mille fois plus aimable et attrayante à ses yeux. « Et l'amabilité est la seule et unique chose qui fait naître l'amour véritable. On peut échouer, mais si on y arrive, c'est par l'amabilité et par elle seule », pensa-t-il.

« Que regardes-tu là-haut, Sara ?

– Je me demande si le ciel est loin, pour y arriver ? »

Il la serra contre lui :

« Nous sommes sur la route.

– Seulement sur la route ?

– Non, arrivés… si…

– Albert !

– Dis-moi franchement, Sara… tu viens d'expliquer comment les êtres humains pouvaient s'enlaidir à force de soucis et de tourments intérieurs ; et tu avais mille fois raison, il nous faut l'éviter. Mais toi, Sara, tu ne seras jamais laide ! C'est impossible !

– Dans notre âme, Albert, toi et moi ne serons jamais laids, et c'est déjà beaucoup. Mais pour ce qui est du corps, tu sais bien que lorsqu'on vieillit… quand bien même les tourments ne nous auraient pas rongés de l'intérieur…

– Qu'est-ce que vieillir, quand une belle âme se reflète dans les yeux et dans chaque trait du visage ? C'est ce ciel qui m'attire et me ravit.

– Je pense comme toi. Dieu merci, tu es un homme bon, Albert.

– Le corps vieillit d'ailleurs moins, pour peu qu'un esprit vertueux, vif et actif l'habite. C'est mon sentiment, Sara.

– Oui, je l'ai vu chez tante Gustava.

– Voilà donc ce que nous allons faire : chacun de nous gouvernera pour soi ; je ne te laisserai pas la main sur ce qui m'appartient, et il en sera de même pour toi. Notre seul bien en partage sera l'amour. Mais… si l'un de nous deux se retrouvait dans le besoin, si ses propres ressources ne lui suffisaient pas pour vivre ?

– L'amour ne viendrait-il pas à notre secours ? demanda-t-elle avec une soudaine véhémence. Si tu étais en détresse, Albert, ne t'aiderais-je pas autant que je le pourrai, sachant que tu n'es ni un escroc, ni un misérable ?… Et si moi-même je tombais dans la misère, se pourrait-il que… que tu veuilles bien me donner quelque chose ?

– Mon Dieu, quelle question, Sara ! Mais s'il en est ainsi entre nous, c'est que nous partageons tout !

– Bien sûr que non, et la différence est de taille. Si je te fais un cadeau, de l'argent ou autre chose, tu pourras en faire ce que tu veux et en disposer à ta guise. Ainsi, aucune fâcherie ne surgira entre nous ; il sera à toi, comme tout le reste. Et si tu me demandes conseil sur la façon d'en disposer, je te répondrai, à toi ensuite d'en tenir compte ou non, comme bon te semblera. Tu resteras ainsi, malgré le don que je t'aurai fait, libre et tel que tu as toujours été. Si à ton tour tu me donnes quelque chose, ce sera un cadeau de la même espèce, pur et désintéressé, que j'utiliserai à ma guise et selon mes besoins. En agissant de la sorte, au lieu de se détruire l'un l'autre, nous nous prêterons assistance et nous éviterons tous ces tracas qui sont le lot quotidien de bien des gens.

– On ne pourra donc jamais partager une vie commune ?

– On peut toujours essayer. Si le ménage marche bien, on pourra continuer, comme pour toutes les choses qui marchent bien. S'il dégénère, mieux vaudra arrêter, comme pour tout ce qui se dégrade. Le plus important reste que l'amour entre deux personnes doit à tout prix être protégé, tenu à l'écart des hasards d'une cohabitation ou d'un ménage. À mon avis, on ne devrait jamais s'installer ensemble : ceux qui s'aiment sont plus enclins à s'agacer mutuellement, à se fâcher et à finalement se détruire, que ceux qui ne comptent pas l'un sur l'autre et voient les choses avec du recul. Mais si ces personnes veulent malgré tout tenter le futile plaisir de laisser deux têtes régenter les choses pratiques, alors qu'une seule est mieux à même de le faire, ils devraient avoir la sagesse d'y mettre un terme avant que leurs sentiments ne s'éteignent, comme cela risque d'arriver ; car si aucun verre n'est aussi beau que l'amour, aucun émail n'est aussi fragile. Voilà ce que j'en pense.

– Dans ce cas, le mieux serait-il de vivre séparément, et de ne pas se voir trop souvent non plus ?

– Ne comptes-tu pas faire beaucoup de voyages ? glissa-t-elle avec un regard où ne se lisait aucune tristesse.

– Oui, je le dois. J'y suis obligé.

– Comme je serai heureuse de penser à toi en ton absence ! Car, resté à la maison, tu ne seras jamais aussi beau que l'image de toi que je porte dans mon cœur. J'attendrai ton retour, Albert, et chaque fois tu seras doublement le bienvenu !

– Seigneur Dieu…

– C'est ainsi que l'amour durera. Tu n'auras pas à me voir dans les instants où l'on se comporte d'une façon bête, désagréable ou méchante – et c'est tant mieux. Et si cela t'arrive à toi aussi, car tu es un être humain, te voir dans ces états me sera épargné.

– Dieu de miséricorde… Sara, je ne vois pas où tout cela nous mène… Et si on finit par s'oublier ?

– À se détruire l'un l'autre jour après jour, on détruit aussi les souvenirs, Albert ; et lorsque, malgré tout, on se souvient l'un de l'autre, c'est avec douleur, comme on se souvient d'une blessure purulente.

– Comment cela ?

– Les corps sont proches, mais les âmes sont lointaines. Comme il est dit dans les Écritures, ils m'honorent de la bouche et des lèvres, mais leur cœur est éloigné de moi.

– C'est la piétiste qui parle !

– Des âmes proches et des corps lointains, voilà, selon moi, ce qui est préférable.

– Les deux ne peuvent-ils être proches ?

– Cela arrive, Albert. Comme en ce moment entre toi et moi. Pourtant… Je veux bien que tu m'accompagnes jusqu'à Lidköping, et si tu voyais ensuite un peu de pays, je n'aurais rien contre. Je veux m'installer dans ma maison toute seule… Oublier ? Si tu partais à l'instant pour arriver cette nuit à Sollebrunn, m'oublierais-tu pour autant ?

– Sara ! Tu serais devant moi à chaque instant !

– Et je te verrais par chacune de mes fenêtres. Essaye ! Pars, juste pour voir !

– Permets-moi de m'attarder un peu.

– Oublier ?! En s'immisçant entre deux êtres, l'indifférence amène l'oubli avec elle. Que signifient les voyages, la distance ? Ce ne sont pas les longs trajets qui creusent les distances entre les âmes. Ceci dit, je ne voudrais pas non plus que tu passes plus de la moitié de l'année ailleurs. »

Elle se tut.

« Ton souffle est si doux !

– Oublier ? reprit-elle. Si l'amour prend fin, on oublie – ou bien, on ne conserve que les mauvais souvenirs, puisque les bons, eux, ne viennent que du cœur aimant. C'est pourquoi…

– D'accord, Sara, je ne viendrai pas te voir trop souvent. Mais si je peux louer tes petites pièces et m'y installer pour travailler, alors rien au monde, pas même toi, ne m'empêchera de recréer sans cesse ton image, pas avec un pinceau, car je n'en suis pas capable – ah, si seulement je l'étais ! Et si tu tombais malade, je descendrais pour rester à ton chevet.

– Cela dépend de la maladie, cher ami. Je préfère avoir auprès de moi la vieille Maya, elle s'y entend mieux.

– Mais si jamais… c'est une simple supposition… si, par exemple, je tombais moi-même malade ?

– Ce serait différent. Je monterais dans ta chambre pour y rester nuit et jour, s'il le faut. Je fermerais la boutique et j'accrocherais un écriteau : "Absente". Veiller sur un homme malade – sérieusement malade je veux dire – n'est pas une corvée, et je suis prête à le faire. Mais une femme clouée au lit, avec la phtisie, par exemple, préfère rester seule. Si toutefois cela devait m'arriver, cela ne me déplairait pas que tu t'attardes à Lidköping, dans la maison, à l'étage… Et si un jour…

– Que veux-tu dire ? Pourquoi cet air étrange ?

– Si un jour je suis à l'article de la mort, je voudrais que tu descendes me voir, Albert, dans ma chambre, que tu restes auprès de moi, car embrasser cette main est la dernière chose que je voudrais faire avant de quitter ce monde ! »

***

L'Histoire et la Géographie, qui se donnent toujours la main, doivent ici aussi s'entraider ; quand la première s'éclipse, la seconde prend le relais et fait savoir que « la route qui sépare Mariestad de Lidköping requiert le temps qu'il faut, ni plus ni moins, pour aller de Mariestad à Lidköping ». C'est cette route que nos voyageurs prirent le lendemain, peu après avoir trempé leurs biscottes dans de jolies tasses en vraie porcelaine.

La géographie de la Vestrogothie peut affirmer ce qu'elle veut au sujet de la rive méridionale du Vänern, une chose demeure certaine : hormis la route elle-même, l'œil n'y rencontre rien de désagréable. Une fois qu'ils furent arrivés dans le canton de Bresäter, Albert proposa :

« À nous maintenant de décider si nous voulons continuer vers Forshem en prenant le beau chemin par le Kinnekulle au nord d'Österplana, Medelplana, Vesterplana et Källby, qui nous ferait passer par Hönsäter, Hellekis et Råbäck…

– Råbäck ? intervint Sara. Tu as bien dit Råbäck ? Je n'y suis jamais allée, et pourquoi m'y rendrais-je maintenant qu'*elle* n'y habite plus ?

– Qui donc ?

– Un ange, qui vivait là-bas autrefois, mais qui a déménagé au bord du Vättern.

– Madame… Je sais… Non, son nom m'échappe* !

– Je ne l'ai jamais vue, reprit Sara, mais si aujourd'hui elle habitait encore à Råbäck, j'aurais aimé y passer. Elle prêtait à tante Gustava des livres merveilleux, nous les lisions parfois ensemble.

– Moi aussi, je voudrais les lire ! s'écria le sergent.

– Pourquoi pas, mais…

– L'autre chemin qui s'offre à nous, reprit-il, descend vers Enebacken par les plaines à l'est et au sud du Kinnekulle, puis traverse Skälvum, Husby, et ainsi de suite. Lequel choisissons-nous ?

– Comment pourrais-je décider ? Je n'en ai aucune idée.

– Sache alors que Hellekis figure parmi les endroits les plus remarquables de la Vestrogothie, qui vaut bien le détour.

– Si tu y tiens. D'ailleurs, si l'on y trouve des bâtisses de grande taille, l'endroit mériterait qu'on s'y fasse connaître : un jour, ça pourrait être utile. »

Refroidi, le sergent calma son élan poétique : depuis quelques jours, le métier de Sara n'était pas revenu sur le tapis – et voilà que son retour s'annonçait. Mais comment lui en vouloir ? Cependant, ne voulant pas réduire les magnifiques tableaux qu'offraient Hönsäter, Hellekis et Råbäck à des considérations de vitrier, Albert opta pour le chemin plus prosaïque, celui d'Enebacken, laissant le Kinekulle sur sa droite.

* *Il s'agit vraisemblablement d'Anna Fredrika Ehrenborg (1794-1873), auteure de livres pour enfants et d'écrits religieux d'inspiration swedenborgienne.*

« Elle avait pourtant changé ces derniers jours, se dit le sergent. Sa conversation, bien que toujours frappée au coin du bon sens, n'avait pas continuellement été celle d'un ouvrier en jupons. Ma pauvre, tu n'y es pour rien, poursuivit-il en retenant à grand-peine une larme. Ma chérie bien-aimée ! Ne suis-je pas injuste envers toi ? Ce n'est pas une tare que d'être aussi raisonnable, au contraire, puisque tu dois subvenir à tes besoins et à ceux de ta… »

Machinalement, il tira sur les rênes, comme s'il avait craint que les chevaux s'emballent, mais se ressaisit et reprit son raisonnement : « Tout ce que je peux économiser, je le leur offrirai sans rien attendre en retour, comme elle le souhaite, sans m'en mêler (sauf par des conseils qui ne l'obligent en rien), ni regarder ce qu'elle en fait. Car, mon Dieu, il faut que cette famille devienne la mienne : il le faut, je le veux ! »

« Il en sera ainsi, et ce jour-là sera pour moi le jour béni. »

En entendant ces paroles, prononcées pourtant très bas, Albert sursauta de frayeur. S'était-il tellement oublié qu'il avait parlé tout haut et trahi ses pensées ?

« N'aie pas peur, Albert. J'entends tes murmures, tes murmures les plus silencieux, ceux que tu adresses à toi-même. Je suis faite comme ça : j'entends tout.

– Dieu du ciel, mais qui es-tu ? Aurais-tu des pouvoirs que les autres n'ont pas ?

– Tu conduis si bien, Albert, avec tant d'adresse. Et je t'aime, sache-le.

– Tu m'aimes, mais tu ne me réponds pas ?

– À quoi donc ?

– Comment as-tu pu entendre ce qui se disait au fond de mon âme ?

– Je l'aime, ton âme, c'est pourquoi j'entends ses paroles.

– Que dis-tu ?

– Que je te comprends. Que je saisis tes pensées, y compris celles que tu ressassais tout à l'heure.

– Sur ton métier ?

– Oui. Vois-tu, contrairement à ce que tu penses, une vitre n'est pas une chose à dédaigner : elle protège du froid en hiver, tout en laissant passer la lumière. Alors qu'en général, si l'air se réchauffe, l'ombre vient avec, tandis que si la lumière apparaît, le froid l'accompagne souvent. Seule une fenêtre – remarque-le bien, mon ami – est capable de laisser passer la lumière en barrant l'accès au froid. Elle permet de garder la chaleur, tout en conservant la clarté. La fenêtre est ainsi faite, et c'est bien plus qu'on ne le pense. C'est pourquoi tu ne dois pas mépriser les fenêtres, ni mon travail qui me permet non seulement de vivre, mais aussi de venir en aide à des nécessiteux à Lidköping – et peut-être même à toi, Albert, si un jour tu te trouves dans le besoin.

– Non, Sara, ce jour n'arrivera jamais. Je mettrai du cœur à l'ouvrage ! Car moi aussi, j'ai un métier ! Ma chère, ma douce, le ciel m'en soit témoin, je comprends désormais ce que cela veut dire : travailler avec zèle, et je veux, je vais gagner ma vie ! Avant, je n'y accordais pas d'importance, cela me semblait mesquin – à présent, je veux m'y mettre ! Travailler et rendre service non seulement à moi-même, mais aussi aux habitants de Lidköping, à tous ceux que je pourrais aider. Métier et travail fait avec zèle – ô Sara, tu m'as appris les mots justes ! »

Il lui prit les mains…

*

La Géographie est une malheureuse qui semble sans cesse se laisser supplanter par l'Histoire. Quand cette dernière a-t-elle repris l'avantage déjà ? Ah oui, sur la route d'Enebacken. Alors, Géographie, repartons de là et à l'avenir, ne te laisse pas faire !

Depuis Enebacken, on peut déjà apercevoir les églises de Holmestad, Götene, Skälvum et même de Vettlösa, à quelque distance sur la gauche. En avançant, on découvre celle de Husby, puis celle de Kleva sur les hauteurs du Kinekulle. Peu après, c'est le tour des églises de Broby, de Källby, de Skeby… Que d'églises !

Et ensuite, plus rien, si ce n'est une immense étendue d'eau. Abasourdi et subjugué, le voyageur redoute d'être englouti par le Vänern, du moins se trouver submergé jusqu'au moyeu des roues, persuadé que la rive qu'il longe, plate et sablonneuse, a été autrefois recouverte par les flots. Le Vänern est une sorcière qui se tient en embuscade : qui sait si, sur un soudain coup de tête, elle ne va pas se jeter sur vous pour reconquérir ses anciennes possessions ? Et cela peut être terrible, surtout quand la tempête vient du nord.

Ce jour-là, le vent se taisait, et l'onde souriait. À chaque instant, Sara s'attendait à voir enfin surgir son cher Lidköping. Elle était sous l'emprise des souvenirs les plus doux.

Ici, il faut cependant autoriser l'Histoire à apporter sa contribution, en précisant que sur tout le trajet ils avaient eu la chance extraordinaire de disposer d'une voiture à deux places. Car le plus souvent, les voyageurs – sauf s'ils possèdent leur propre véhicule – sont livrés aux charrettes de paysans. Or, voyager en charrette n'est pas une partie de plaisir. Il s'agissait donc, dans le cas de Sara et de son sergent, d'un heureux coup du hasard. Si tant est qu'il ne faille chercher une explication plus naturelle (les médecins eux-mêmes nous donneront raison), à savoir que la Nature fait preuve d'une bienveillance et d'une sollicitude toutes particulières à l'égard des femmes : elle craint de leur faire mal, elle se montre déférente, attentive, serviable. Certes, c'est de la mystique, mais cela reste sacré. Ah, si l'être humain était capable de faire preuve d'autant de déférence, s'agenouillant devant le ciel au-dessus de nous – que nous connaissons si mal, sur lequel il nous arrive de nous méprendre, alors qu'il se trouve tout près, plein de bonté, chargé de mystère, si souvent négligé, et pourtant inaltérable.

La chance d'avoir une telle voiture tenait souvent au fait qu'Albert ne réclamait pas de cocher, mais prenait les guides lui-même quand les chevaux étaient bons. D'ailleurs, leurs propriétaires, en voyant qu'ils ont affaire à des meneurs sérieux, l'acceptent volontiers et se montrent reconnaissants.

C'est ainsi qu'Albert et Sara avaient voyagé seuls pendant tout ce temps.

Les voici enfin à Lidköping ! Ils s'engagèrent dans la première rue, large et bien entretenue, mais aux pavés un peu inégaux.

« Cher Albert, laisse-moi descendre ici, c'est ma ville natale, je voudrais continuer à pied. Reste dans la voiture, toi ; j'irai seule.

– Alors, je descends aussi, je marcherai à côté.

– Non, ça ne se fait pas. Et puis, il y a autre chose. Va à l'auberge sur la grand-place, et moi, j'irai à la maison. Je voudrais y arriver seule pour voir dans quel état est ma pauvre mère.

– Moi aussi je voudrais la voir.

– Non, Albert. Si elle est encore en vie, ta vue pourrait l'effrayer. Et je ne le veux pas.

– Mon Dieu, mais pourquoi ?

– Tes façons de te comporter à mon égard te trahiront : elle croira que tu es le futur mari de sa fille et en sera épouvantée. Comment pourrai-je alors la convaincre que ce ne sera jamais le cas ?

– Mais...

– Rassure-toi, mon ami. Bientôt tu viendras chez nous voir les pièces que tu as l'intention de louer. Mais attends que je te fasse signe. Et maintenant, continue tout droit – on ne peut pas se perdre à Lidköping – et tu verras devant toi le pont sur la Lida, celui-là même, tu sais...

– Ah !

– Traverse-le ; mais n'oublie pas d'admirer la vue à droite et à gauche, car rien n'est plus beau que les berges de la Lida. Un peu plus loin, tu verras une place – qui n'a pas son pareil dans le monde entier ! Traverse-la, l'auberge se trouve à l'angle de la rue en face. Fais décharger nos affaires, prends une chambre pour la nuit, ou plutôt jusqu'à ce que je te fasse appeler. J'enverrai un apprenti pour chercher mes bagages, tu sauras bien les reconnaître ?

– Ils ne portent pas tous les initiales S.V., mais je ferai de mon mieux.

– Tu es distrait, cher Albert. Une fois installé, mange un morceau, requinque-toi, et ne pense pas trop à moi. Tu reconnaîtras au moins tes propres bagages ? Tous ceux qui ne sont pas à toi sont à moi, tu les confieras au commis.

– Ce qui *n'est pas* à toi, est à moi !

– Comme tu es pâle... Ne sois pas triste, c'est une ville accueillante, crois-moi. Regarde les passants, tu verras que presque toutes les filles sont jolies – Lidköping est renommée pour cela –, je suis parmi les plus insignifiantes. Regarde autour de toi et sois gai, fais-moi le plaisir de savoir que toutes les jeunes filles se retourneront sur ton passage en se disant : Quel bel officier que voilà ! »

D'un signe de tête qu'il voulait enjoué, le sergent prit congé de Sara, descendue entre-temps. Il roula au pas, se retournant souvent pour chercher des yeux sa compagne de voyage qui avançait à pied.

« Fi, cela ne s'appelle pas conduire ! lança-t-elle en agitant la main. Ce n'est pas digne d'un officier ! »

Il fit claquer son fouet avec vigueur, les chevaux s'élancèrent.

Sara Videbeck resta seule.

Elle tourna dans une rue qui longeait la rivière, celle qui menait chez elle. Il était encore tôt, même si la nuit commençait à tomber. Des nuages déchirés aux contours changeants, énigmatiques, se pourchassaient dans le ciel ; rien pourtant n'annonçait la pluie. Plus bas, à l'ouest, le soleil narguait ces formes grisâtres, effilochées et inquiétantes.

La marcheuse fit halte au croisement, en quête de visages familiers parmi les passants. Dans les villes de province, presque tout le monde se connaît. Sara en repéra quelques-uns mais, absorbés par leur conversation et se trouvant assez loin, ils ne la remarquèrent pas. Elle essaya de déchiffrer leurs gestes et leurs mimiques ; ils passèrent devant elle sans s'arrêter, aussi continua-t-elle son chemin jusqu'au prochain croisement. Là, elle s'arrêta net en apercevant un cortège funéraire. Par respect, elle se tenait toujours à l'écart de telles manifestations ; que dire à présent qu'elle reconnaissait dans l'assistance un ouvrier de son atelier tout de noir vêtu ? Un cercueil était porté par les apprentis les plus âgés, ainsi que d'autres personnes de sa connaissance. C'était sa mère ! Il n'y avait là nul doute possible. Elle s'efforça de contenir la tempête qui grondait dans sa poitrine, de maîtriser son souffle suffoquant – pour rien au monde elle ne voulait se donner en spectacle ! Il ne fallait pas qu'on la vît dans sa tenue de voyage, sans même une étoffe de crêpe noire. « Mère ! Mère ! Ne verrai-je jamais plus ton visage ? » Elle se tordit les mains en reculant derrière le mur, pour laisser passer le cortège. Elle crut entendre le sacristain murmurer à son voisin : « Trépassée dimanche dans la nuit. »

La foule endeuillée ne faisait pas attention à l'orpheline qui pleurait en silence, dissimulée au coin de la rue. Quand le cercueil l'eut dépassée, incapable de continuer son chemin, elle suivit des yeux le cortège qui se dirigeait vers l'église. Allait-on procéder à l'enterrement ou seulement exposer la dépouille ? Impossible de le savoir ; toujours est-il qu'une force irrésistible la poussa à présent à suivre le cortège à distance. Tout cela était confus, terrible, beaucoup trop soudain : il lui fallait voir sa mère, ou au moins embrasser son cercueil avant qu'on l'enterre !

« *Trépassée dimanche dans la nuit*, se répéta-t-elle, et moi, où étais-je ? J'ai quitté Stockholm jeudi. Si le voyage avait été plus rapide… si… nous aurions pu… j'aurais pu être auprès d'elle dimanche soir. Nous sommes mercredi ! Où étions-nous dimanche soir ? Où donc ? À Bodarne », se rappela-t-elle.

Contrairement à l'église de Mariestad, bien visible à la ronde et qui domine toute la cité, celle de Lidköping est située un peu à l'écart, de sorte qu'on la remarque, certes – il s'agit après tout d'un bâtiment imposant –, mais elle n'attire pas immédiatement le regard et n'est visible que depuis certains endroits. Elle n'a pas été construite au bord du lac Vänern, comme l'église de Mariestad ; le cimetière qui l'entoure est plus ombragé, plus intime et sa végétation plus dense.

Sara voulait d'autant moins s'approcher du cortège que les femmes ne participent jamais aux processions funéraires ; les proches du défunt en particulier, n'apparaissent pas en public, encore moins au cimetière, pour l'enterrement. Pourtant, elle devait y aller ! Si vraiment on s'apprêtait à mettre en terre la dépouille de sa mère tant aimée, il lui fallait au moins pouvoir suivre cette procession, d'un regard aussi aiguisé que possible, jusqu'au dernier instant.

Le pasteur le plus insignifiant de la ville était chargé de faire le service, elle le constata avec dépit. L'assistance composée des employés à l'atelier de la veuve du maître verrier, peu habitués à porter du noir, faisait piètre figure dans leurs habits étriqués, empruntés pour la plupart. Leurs visages parurent à Sara pâles et émaciés : avaient-ils subi tant de privations durant son absence de trois semaines ? Non, ce devait être le chagrin ou le recueillement, se persuada-t-elle. Le cercueil se trouvait déjà au fond du cimetière quand l'orpheline, vacillant sur ses jambes, osa y pénétrer à son tour.

Elle regarda alentour, mais ne trouva aucun groupe auquel elle aurait pu se mêler pour s'approcher discrètement du monticule de terre sur lequel ses yeux étaient rivés. Elle se réfugia alors sous un arbre, derrière une haute pierre tombale. Ainsi dissimulée, elle put assister aux derniers honneurs – les seuls ! – rendus à sa mère. La plus petite cloche de l'église fit entendre un faible tintement, le pasteur ouvrit son missel, le sacristain sortit son psautier.

Au son de la cloche, Sara tomba à genoux dans l'herbe, au-dessus d'un massif de fleurs ; tremblante, elle cacha dans ses mains son visage ruisselant de larmes. « Mère ! Ma chère mère ! » se lamenta-t-elle en élevant la voix, sachant que personne ne pouvait l'entendre. Submergée par un doux souvenir, elle ajouta : « Mère, j'ai exaucé ton vœu, j'ai écouté tes mises en garde ! Oh, où que tu sois, donne-moi ta bénédiction ! »

Si l'esprit de la défunte avait pu observer la scène, il aurait vu, auprès de sa propre tombe, des personnes endeuillées qui, avec attention et déférence (mais sans dire grand-chose, car quel éloge pouvait-on faire de la vie de cette veuve ?) s'affairaient autour de sa dépouille ; mais à distance, sous l'arbre, il aurait eu cette vision infiniment plus belle : l'avenir et la postérité priant à genoux, une vision dont se réjouiraient aussi bien le ciel que la terre. Combien souvent la vertu céleste, les mœurs sans tache, le véritable sens du devoir restent inconnus, méconnus, invisibles aux yeux des hommes ! L'orpheline se tenait cachée, à l'abri des regards, silencieuse dans sa prière. Une légère brise agita les fleurs.

Les psaumes furent courts, les cloches se turent rapidement, le pasteur se contenta des formules d'usage. Tout se passa comme il se doit : rien ne manquait, rien n'était de trop. Les yeux du maître compagnon étaient creusés et cernés de bleu ; les apprentis, aux mines plus gaillardes, saisissaient déjà les bêches pour jeter les premières pelletées de terre.

*

Albert était arrivé à destination à l'angle de la grand-place. Il avait pris une chambre au premier étage de l'auberge et y faisait maintenant les cent pas, attendant le commis, tour à tour inquiet et fébrile d'impatience, oscillant entre excitation et abattement. Il consulta sa montre : sept heures. Commander d'ores et déjà les chevaux pour partir à Sollebrunn le lendemain matin ? Impossible, se disait-il. Mais à huit heures, il avait changé d'avis : il allait le faire. Pourtant, il fallait bien prendre congé de… Et quand donc pourrait-il revenir ? Toutes ces considérations n'avaient rien de particulièrement compliqué, mais il avait pris l'habitude et le goût d'avoir quelqu'un avec qui discuter. Et voilà qu'il se retrouvait seul !

Son inquiétude finit par le paralyser : assis sur le sofa, tout raide, le regard dans le vide, il se demandait ce que pouvait bien signifier l'absence de messager. Il entendit dans le couloir une servante qui claquait des portes et l'appela d'une voix tonitruante. Elle accourut. « Apporte-moi une tasse de thé ! » lança-t-il, l'air hagard.

Habituée aux voyageurs excentriques, la servante se retira discrètement, sans sourciller. Il la rappela en hurlant :

« As-tu entendu ce que je viens de dire ?!

– Oui, Monsieur.

– Alors dépêche-toi ! Tu vois bien que j'attends. »

– Monsieur n'a pas encore trop attendu, que je sache, rétorqua-t-elle, la mine renfrognée, avant de sortir.

– Oh, comme je t'attends ! » soupira-t-il, sans avoir entendu sa réponse.

Le thé arriva, bien fort et bien chaud, mais celle qui l'apportait était en colère (la patience a ses limites !), et lorsque le sergent porta la tasse à ses lèvres, il ne put s'empêcher de lâcher un « Nom d'un chien ! », tellement le breuvage était brûlant.

« N'aurais-tu pas pu attendre un peu ? J'ai horreur de m'ébouillanter !

– Et pas moi peut-être ? répondit la fille de Lidköping, qui ne manquait pas de répartie.

– Serais-tu fâchée ?

– Moi ? Non, une personne suffit.

– Avec plus de crème et de sucre, ça va se refroidir plus vite, concéda le sergent, revenu à de meilleures dispositions. Quelle heure est-il ?

– Qu'est-ce que ça peut bien me faire ?

– Tu es vraiment une sacrée...

– Monsieur souhaitera-t-il une autre tasse de thé ?

– Il est déjà presque neuf heures et toujours rien... Prépare le lit, je vais me coucher, cela m'occupera. Et d'ailleurs, oui, je veux bien une autre tasse de thé.

– Monsieur souhaitera-t-il boire son thé au lit ?

– Pose-le ici, je verrai. Je vais aller jeter un œil dehors. Si quelqu'un vient pour moi, appelle immédiatement. Et profites-en pour faire le lit.

– Drôle de cap'taine ! murmura la servante quand il fut parti. Il ne pense qu'à son commis, mais qu'est-ce que cela peut me faire ? »

Elle fit le lit à toute vitesse. Elle était en colère et se vengea en malmenant les draps et les oreillers. Il voulait qu'elle se dépêche, eh bien voilà !

Il revint la tête basse, le teint pâle, image même de la mélancolie.

« Personne n'est venu ? demanda-t-il le plus aimablement possible en croisant la servante dans l'escalier.

– Non, mais là-haut tout est prêt. »

Elle descendit pour vaquer à sa besogne, lui monta dans sa chambre.

Une fois là-haut, il ne dit plus un mot, lança un dernier regard vers l'extérieur, au cas où… mais non. Personne.

Il attendit longtemps près de la fenêtre, en vain. La pénombre envahit peu à peu la pièce. Alors, d'une voix traînante et comme léthargique, il dit tout haut :

« Je vais me coucher. »

Personne ne vint s'opposer à cette décision. Pas une âme pour chercher à l'en dissuader.

Le sergent se déshabilla comme un somnambule, se coucha et s'endormit entre les draps de l'aubergiste, sous la couverture en soie gris moucheté, dont il était incapable d'apprécier la valeur en ces circonstances.

Le lendemain matin – on devait bien être un jeudi, puisqu'il s'était couché un mercredi soir – arriva la chose suivante : le sergent se réveilla. Seul. Personne à ses côtés pour lui dire bonjour ou pour lui sourire. Ni même pour lui apporter le petit déjeuner : dans son désarroi, il avait oublié d'en commander un la veille. Mais notre sergent n'était pas homme à se laisser abattre et il fut rapidement debout.

« Incompréhensible », pensa-t-il.

Il se passa le visage à l'eau froide, se vêtit aussi élégamment que la coupe de son uniforme le permettait, puis se posta devant un grand miroir afin de rectifier le reste de sa mise. Les joues que la pâleur rendait délicates, les grands yeux sombres, à présent pleins de langueur, la chevelure joliment bouclée – son reflet dans la glace aurait pu être celui d'un officier. Il en fut agacé : et dire que récemment encore il voulait rester sous-officier !

« Honte à toi, espèce de lâche ! » marmonna-t-il en décochant à son double des regards d'une noirceur terrible, que l'homme du miroir lui rendit aussitôt.

Les deux personnages entreprirent alors de se donner du courage, et le sergent ne tarda pas à ressembler à un guerrier antique.

Un léger trottinement se fit entendre et la porte s'ouvrit, livrant passage à la servante :

« Hier soir, un commis est venu chercher les affaires. Il a dit que pour ce qui est des pièces à louer…

– Un commis ? Et tu me dis cela maintenant ?! »

L'orage couvait sous ces mots. La fille battit prestement en retraite puis, reprenant de l'assurance, expliqua que le commis était arrivé très tard, que « Monsieur le cap'taine » dormait depuis longtemps et qu'elle n'avait pas osé…

« D'où venait ce commis ?

– De chez la Videbeck.

– *La* Vid… »

Il la foudroya du regard, mais fut obligé de reconnaître que c'était une façon correcte de désigner cet entre-deux social qu'il avait eu tant de mal à cerner, même s'il ne pourrait jamais se résoudre à user de cette appellation lui-même.

« Oui, ou plutôt de l'atelier des Videbeck, poursuivit la fille. Car la Videbeck elle-même, elle n'est plus là. Mais les apprentis ont bien reconnu ses affaires, et les ont emportées au logis de la défunte.

– Défunte ? Qu'est-ce que tu dis ? Dieux du ciel ! Morte ? Non… et personne ne m'a rien dit ? »

Interloquée, elle finit par répondre :

« Le commis, il a dit que les pièces à louer étaient maintenant disponibles, et que Monsieur le cap'taine n'avait qu'à passer les voir ce matin à huit heures. C'est pour ça que je n'ai pas voulu déranger Monsieur avant sept heures.

– À huit heures, a dit le commis ? Mais c'est dans un quart d'heure ! Ah, Dieu éternel !… Morte ?! Non, impossible ! Impossible ! Impossible ! »

Il s'élança vers la sortie, mais s'arrêta à la porte pour demander le chemin. La servante le lui décrivit aussi précisément que le lui permettaient l'impatience du sergent et son propre trouble. Il partit comme une flèche.

C'était une matinée particulièrement belle. Le sergent déboucha dans une des rues qui descendent vers la Lida : le gai soleil matinal, le bleu, le vert, le blanc – le ciel, les arbres, les… ah, notre sergent aurait dû se réjouir de ce spectacle, il aurait dû comprendre, au souvenir des conversations de ces derniers jours, que c'était la mère et non la fille Videbeck qui était morte. Mais il était si troublé que cette pensée ne l'effleura même pas.

Finalement, il aperçut une petite maison rouge, comme celles qu'ils avaient vues à Strängnäs, mais en meilleur état. Il fut accueilli par une épaisse couche de brindilles de sapin répandues sur le sol ; il eut un pincement au cœur : il suivait à présent la piste de la mort.

Il passa un portail de bois qui s'ouvrait à l'aide d'une simple clenche, se retrouva dans une vaste cour qu'on venait de balayer et gravit les marches, larges et basses, menant au perron couvert. La grande porte d'entrée était décorée de ramilles d'érable et de bouleau ; d'odorantes branches de cerfeuil et de reine-des-prés toute fraîche jonchaient le sol. Malgré ce parfum agréable et doux, ses jambes flageolaient, car il pressentait que ces plantes avaient pour mission, comme c'était la coutume, de couvrir de terribles émanations.

Une femme âgée vint l'accueillir, vêtue pauvrement mais respirant la propreté, le visage à la fois bon et soucieux. À nouveau, son cœur se serra. « Ce doit être la vieille Maya ! » songea-t-il. Que dire, par où commencer ?

« J'ai entendu parler de pièces… bafouilla-t-il.

– … à louer ? Oui, à l'étage. Si Monsieur le désire, je peux les lui montrer. »

Il s'engagea dans l'escalier, accablé, car si vraiment elle était morte, qu'avait-il à faire de ces pièces ? Son pied trébucha sur la première marche ; il se retourna vers la vieille servante pour lui poser une question, mais sa langue refusa de la formuler. Il finit par demander, faute de mieux :

« Avant que je les voie, dites-moi : quel est le loyer ?

– Vingt rixdales pour une année, douze pour six mois. Si Monsieur veut monter… »

« Quelles paroles froides, lugubres ! Mais puisque je suis venu jusqu'ici, il faut monter. Allons, courage ! »

Et il gravit les marches quatre à quatre.

Sa guide le fit entrer dans deux petites pièces en enfilade, au papier peint fleuri.

« Si Monsieur veut bien s'asseoir et prendre le temps de regarder », dit-elle avant de sortir, en refermant la porte derrière elle.

« M'asseoir ? Jamais ! Grands dieux, qu'est-ce que je fais ici ? Pourtant, ces pièces… agréables, divinement agréables ! Pimpantes, comme si on les avait lavées cette nuit ? Rangées, balayées, des rideaux propres et repassés ! Tout prêt pour accueillir un invité, ma parole. Et ces giroflées aux fenêtres ? Et là… ces grands miroirs dans les cadres de verre doré à la feuille – je m'y attendais ! Et l'autre pièce ? Ici aussi du papier peint fleuri, mais au motif différent. Ah, quel bonheur ce serait d'habiter ici… si, oui, si… Dieu du ciel !… C'est sûrement de ces pièces qu'elle devait rêver à Arboga… »

La porte s'ouvrit. Elle entra. À la vue d'une femme en tenue de ratine noire, portant un large col de linon blanc amidonné, qui avait le visage de Sara, le sergent fit un pas de côté. Face à son étonnement, elle eut un doux sourire.

« Tu vois, je suis en deuil, dit-elle.

– Oh quel bonheur, tu es vivante, tu souris ! » s'écria-t-il.

Le deuil dont elle parlait voilait d'une ombre légère le haut de son visage. Mais le blanc de ses yeux brillait d'un éclat bleuté, comme auparavant, et ses pupilles scintillaient.

« Albert ! » dit-elle.

Il ne répondit pas, la dévorant du regard.

« Qu'en penses-tu, tu veux les louer ? Mais attends, tu n'as pas encore eu le temps de te faire une idée. Descendons chez moi, tu vas voir où je vis : le déjeuner est servi. Et si tu n'es pas trop pressé de te mettre en route, je t'invite également à dîner. C'est d'accord, Albert ? »

Il ne dit rien. Mais la réponse se lisait sur son visage : c'est d'accord !

SARA
OU L'ÉMANCIPATION
de C.J.L. Almqvist
a été achevé d'imprimer en février 2021
sur les presses de l'imprimerie Pulsio.

Éditions Cambourakis
62, rue du Faubourg-Saint-Antoine
75012 Paris
www.cambourakis.com

Dépôt légal : mars 2021.
ISBN : 978-2-36624-556-1
Imprimé en Bulgarie.